Annette Langen

Tausche Glückskeks gegen Weihnachtswunder

cbj

© Andreas Kühlken

DIE AUTORIN

Annette Langen, geboren 1967, gestaltete als Lektorin viele Jahre das Programm eines Kinderbuchverlages. Ihre ersten Kinderbücher schrieb sie bereits neben der Arbeit als Lektorin. Ihr erstes Buch erschien 1989, bis heute sind über 70 weitere Titel erschienen. Teile ihres Werkes wurden in 29 Sprachen übersetzt. Seit 2000 ist sie ausschließlich freiberufliche Autorin. Ehrenamtlich setzt sie sich aktiv für die Leseförderung von Kindern ein: Annette Langen ist seit 2001 Patin einer Solinger Grundschule, seit 2011 LeseBotschafterin der Stiftung Lesen und übernahm 2012 die Schirmherrschaft für Mentoring Coesfeld. Mit ihren beiden Kindern lebt sie im Bergischen Land.

Von Annette Langen sind bei cbj erschienen:

»Mathilda, Mathilda! –
Drei wie Wind und Wirbel« (22421)

»Mathilda, Mathilda! –
Drei ohne Punkt und Komma« (15389)

»Mathilda, Mathilda! –
Drei wie Zimt und Zucker« (15477)

»Lucie und der erste Schultag« (22316)

Anette Langen

Tausche Glückskeks gegen Weihnachtswunder!

Mit Illustrationen
von Franziska Harvey

cbj

cbj
ist der Kinder- und Jugendbuchverlag
in der Verlagsgruppe Random House

MIX
Papier aus verantwortungsvollen Quellen
FSC® C014496

Verlagsgruppe Random House FSC® N001967
Das FSC®-zertifizierte Papier
München Super Extra für dieses Buch
liefert Arctic Paper Mochenwangen GmbH.

1. Auflage
Originalausgabe November 2013
Gesetzt nach den Regeln der Rechtschreibreform

Umschlag- und Innenillustrationen:
Franziska Harvey
Umschlaggestaltung: Annette Beckmann.
Gute Gründe – Atelier für Gestaltung, Berlin
MI · Herstellung: CB
Satz: Uhl + Massopust, Aalen
Druck: GGP Media GmbH, Pößneck
ISBN: 978-3-570-22447-2
Printed in Germany

www.cbj-verlag.de

Unserer Wohnung merkte man kein bisschen an, dass der erste Dezember war. Ganz anders war es bei den Nachbarn der gegenüberliegenden Dachgeschosswohnung. Ich stand hinter meinem Vorhang verborgen und blickte neidisch auf die andere Straßenseite hinüber. Ich wusste nicht, wie die Bewohner dort hießen, aber wer auch immer sie waren, sie wohnten in einem weihnachtlichen Eldorado. Von Lichterketten und Sternen an allen Fenstern, einem beleuchteten Elch auf dem Balkon bis zu roten Herzen an der Balkontür war so ziemlich alles da, was zur Weihnachtsstimmung gehörte. Und das bereits seit Mitte November!

Mama war in diesem Jahr nicht etwa spät dran mit unserer Adventsdeko, nein, sie würde auch zur Bescherung keine anbringen. Das Höchste ihrer Gefühle war ein Tablett mit lauter verschieden dicken roten Kerzen, das auf dem Wohnzimmertisch stand. Manchmal hätte ich gerne mit meiner allerbesten Freundin Sina getauscht. Sie lebte allein mit ihrem Vater, aber bei ihr war es so richtig schön weihnachtlich geschmückt und ihr Haus war von außen beleuchtet und leuchtete von Weitem durch die Dunkelheit.

Es war nicht immer leicht, Mamas Tochter zu sein. Neben ihrer Abneigung gegen Weihnachten war sie auch noch Umweltschützerin. Sie arbeitete als Umweltschutzbeauftragte in einer großen Firma, war aber auch nach Dienstschluss stets für die Umwelt im Einsatz. Dagegen war ja erst einmal gar nichts einzuwenden, aber leider hatten wir öfter Diskussionen über meine Kleidung. Sachen wie die Jeans und der süße Kapuzenpulli von H&M, in die ich gerade eilig schlüpfte, verachtet meine ökobewusste Mutter, denn bei der Herstellung wird die Natur zu sehr belastet. Das hatte sie mir schon oft genug erläutert. Natürlich fand ich es richtig wichtig, dass unsere Erde nicht weiter geschädigt wurde. Aber andererseits wollte ich auch in der Schule mit dazugehören und nicht rumlaufen wie ein Opfer. Wir hatten uns inzwischen geeinigt, dass ich die Fairtrade-Sachen, die sie so gerne aus dem Katalog bestellte, nicht mehr tragen musste, wenn ich das nicht wollte. Und noch etwas gab es, was schwierig war: Mama machte sich immerzu Sorgen um mich. Es gab etwas, das sie nicht sehen durfte. Geübt stemmte ich mit meinem Holzlineal das Dielenbrett vor meinem Fenster hoch. Darunter war mein geheimes Wunschbuch versteckt. Das durfte nur eine sehen: meine ABF (allerbeste Freundin). Ich steckte mein Wunschbuch in meinen Seesack, den ich als Schultasche benutzte. Die Kirchturmuhr schlug achtmal. Höchste Zeit für die Schule. Ich schnappte meinen Seesack, nahm rasch mein Pausenbrot vom Küchentresen und flitzte die Treppen hinunter.

In der ersten Etage kratzte es wie wild von innen an der Wohnungstür. Das war Einstein, ein kleiner weißgrauer Mischling mit buschigen Augenbrauen. »Heute Nachmittag gehen wir Gassi«, rief ich ihm im Vorbeilaufen zu. Einstein sprang an die Tür und kratzte winselnd mit beiden Pfoten daran. Ihm war das eindeutig zu lang. Auch die anderen Hunde, die ich sittete, wären am liebsten den ganzen Tag bei mir gewesen. Ich war einfach gerne mit ihnen zusammen. Geld hin oder Geld her. Aber durch sie musste ich nicht immer Mama nach Geld fragen, wenn ich mal wieder etwas Süßes zum Anziehen entdeckt hatte. Und zwar keine Fairtrade-Anziehsachen, die Mama bestellte und die nur eines waren: peinlich.

Ich flitzte über die Straße und rannte zur Schule. Sina stand schon an unserem Treffpunkt. Meine ABF sah in ihrem hellen Mantel wunderschön aus wie Schneewittchen, nur halt mit dunkelroten Haaren. Total stylish trug sie eine Baskenmütze und farblich passende Handschuhe. Aber Sina hätte sich auch ein kariertes Küchentuch um den Kopf wickeln können, bei ihr sah einfach alles super aus.

Gegen meine ABF kam ich mir immer so struppig vor, wie ein Islandpony mit einer langen, wilden Mähne. Ach, wie ich die verschmuste Liptura, die mich immer mit ihren Nüstern anstupste, vermisste, wie auch den neugierigen Alvar und natürlich die Reitstunden auf dem Isländerhof. Mama hatte es mir freigestellt, meine Reitstunden zu reduzieren und mit dem gesparten Geld mein Outfit zu ergänzen.

»Grete, da bist du ja«, rief meine ABF mir gerade zu, als ihr plötzlich von Paul, dem Riesen aus unserer Klasse, die Baskenmütze weggeschnappt wurde. Paul warf sie wie eine Frisbeescheibe zu seinen Freunden Fabian und Florian über den Schulhof. Die beiden fingen sie abwechselnd grölend auf und passten sie an ihn zurück. Jungs sind eine echte Strafe, anders kann man es nicht nennen.

»Hört jetzt auf«, rief Sina bittend, was die Jungs natürlich nicht beachteten. Als Einzelkind konnte sie sich immer nur schwer gegen andere behaupten. Das Problem hatte ich nicht, obwohl ich die meiste Zeit des Jahres auch Einzelkind war. »Schluss damit«, sagte ich entschieden in Pauls Richtung, als ich bei Sina angekommen war.

Paul sah auf. »Was denn, wenn nicht Schluss damit ist?«, fragte er provozierend. Die Gelegenheit, vor seinen Freunden den wilden Kerl zu markieren, konnte er natürlich nicht ungenutzt verstreichen lassen. Er stand in fünfzehn Metern Entfernung von mir und blickte mich frech an.

»Paul, du solltest dir echt so langsam mal coole Boxershorts zulegen«, rief ich laut über den Schulhof. Paul blieb wie angeklebt stehen und blickte sofort entsetzt zu seiner Hose hinab, deren Reißverschluss aber geschlossen war. Schon grölten seine Freunde: »Genau, Grete sagt es. Paul, deine Unterhosen mit den kleinen Schiffchen sind echt out.« Paul lief rot an. Er lief an uns vorbei, um seinen Freunden eine zu verpassen.

»He«, rief ich Paul zu, »du hast was vergessen. Her mit Sinas Mütze!« Paul sah mich vernichtend an, aber er frisbeete mir Sinas Baskenmütze zu, die ich zum Glück auffangen konnte. Ich gab Sina ihre Mütze zurück. »Mit Jungs muss man so umgehen wie mit Hunden«, sagte ich und warf mir den Seesack über die Schulter, »hin und wieder ein kleiner Trick, sonst machen sie zu viel Unsinn.«

Sina lachte, als wir nebeneinander zum Schuleingang gingen. »Grete, jetzt musst du ihnen nur noch abgewöhnen, mich *Apfel-Sina* zu nennen.«

»Klar, genau so wie ich ihnen – hex, hex – den Spruch für mich abgewöhne, den die Welt nicht braucht.« *Gretel, wo ist denn dein Hänsel?*, das hatte ich seit dem Kindergarten schon so an die zehntausendmal zu oft gehört. Wir wussten beide, dass unsere Chancen, ohne den Spitznamen Apfel-Sina und ohne den Hänsel-Spruch zu leben, gleich null standen. »Was denken sich bloß die Eltern, wenn sie die Namen für die Kinder aussuchen?«, fragte Sina und hakte sich bei mir ein. Nebeneinander marschierten wir in die Schule. Warme Luft umfing uns.

»Mama sagt, Grete sei ein norddeutscher Name und der passe ganz wunderbar zu uns.« Sie kommt nämlich von der Insel Juist. »Aber gab es da nicht auch noch den einen oder anderen Namen, der zu keinen blöden Sprüchen verlockte?« Ich sah meine ABF fragend an. Das hätte ich wirklich mal gerne gewusst.

»Egal«, sagte Sina und drückte meine Hand, als wir die Treppen hinaufstiegen. »Wir sind wie Schwestern, darauf kommt es an.« – »Stimmt«, sagte ich, und mir wurde ganz warm. Denn Sina war die Schwester, die ich mir gewünscht und nie bekommen hatte. Mal abgesehen von der kleinen Grace und dem winzigen Baby Ethan, die viel zu jung waren und vor allem viel zu weit von mir entfernt bei Dad in London lebten. Wir bogen in den Flur zu unserem Klassenzimmer ab.

»…aber darauf kommt es auch an! Probiert es aus.« Hinter uns hörten wir die Stimme von Henry. Wir drehten uns herum. Richtig, da stand Henry, einer der wenigen netten Jungs aus unserer Klasse, und er hielt uns einen Pappkarton entgegen. Darauf leuchteten rote chinesische Schriftzeichen. Die konnte ich natürlich nicht entziffern. Aber ein Aufkleber verriet: *Glückskekse – mit deutscher Botschaft*.

Aber weshalb nahm Henry einen ganzen Karton voll davon mit zur Schule? Die Glückskekse waren bestimmt in dem Chinaladen seiner Eltern übrig geblieben, dachte ich. Henry grinste uns an. »Die Glückskekse lügen nie, auch wenn ein paar davon zerbrochen sind, wie diese hier.« Und wirklich, wie zum Beweis klappte er die Schachtel auf. »Na, wollt ihr es ausprobieren?«, fragte er. Und ob wir das wollten!

In Sekundenschnelle hatte sich im Flur vor unserem Klassenzimmer herumgesprochen, dass Henry etwas verschenkte. Schon war er von Schüler und Schülerinnen aus unserer Klasse und den beiden Parallelklassen umringt. Carolin verzichtete darauf, cool auszusehen, und drängte sich nach vorne, gefolgt von Paul und seinen beiden Freunden.

»Jetzt oder nie«, sagte ich zu Sina, und wir zogen jede einen in Plastikfolie verpackten Glückskeks aus der Schachtel, bevor es zu spät und keiner mehr für uns übrig war.

Wir öffneten die Verpackung der Glückskekse, sahen uns kurz an, nickten gleichzeitig und brachen beide die Gebäckhülle unseres Glückskekses auf. Zwei schmale Zettel mit den Botschaften lagen darin. Ich zog meinen hinaus und las leise, nur für mich: *Deine Familie wird größer werden.* Na, dachte ich und grinste innerlich, da kannte der Glückskeks aber meine Mutter schlecht. Mama war seit Jahren Single. Welche Botschaft hatte meine ABF gezogen? Ich sah auf.

Sina hielt mir ihren Zettel in dem Getümmel hin, und ihre Lippen fragten: »Darf ich deinen lesen?« Ich nickte, reichte ihr meinen Zettel herüber und las erneut: *Deine Familie wird größer werden.*

»Moment, das war meiner«, rief ich, um die anderen Schüler zu übertönen, aber Sina schüttelte nur stumm den Kopf. Sie beugte sich vor, sodass sie knapp vor meinem Ohr war. »Wir haben ein und dieselbe Botschaft gezogen«, sagte sie leise. »Ob das etwas zu bedeuten hat? Bestimmt, oder?« Sie sah mich gespannt an.

Ich dachte nach. »Aber so etwas kann doch nur ein Zufall sein«, flüsterte ich hinter vorgehaltener Hand zurück. »Vielleicht ist nur ein und derselbe Spruch in der gesamten Packung und deshalb hat Henry sie von seinen Eltern mitbekommen?« Nichts gegen Henry, aber es musste einen Grund geben!

Inzwischen hielten auch die anderen aus meiner Klasse ihre Botschaften in den Händen. »Achte auf deine Gedanken, sie sind der Anfang deiner Taten«, las Paul seine Botschaft laut vor. »Bei mir steht dies«, rief Florian, und er verkündete: »Die sicherste Tür ist die, die man offen lassen kann.« Er grinste, und mit einem Blick auf Paul rief er: »Leute, das passt doch zu Pauls offenem Hosenstall eben.« – »Du bist so was von tot«, brüllte Paul und stürzte sich auf seinen Freund.

Lachend rannte Florian vor Paul davon, eine wilde Verfolgungsjagd auf dem vollen Flur begann. Sie stießen gegen andere Schüler, trippelten auf der Stelle, ihre Schuhe quietschten auf dem Fußboden, kurz gesagt, sie machten einen riesigen Aufstand. »Warum müssen Jungs nur immer so anstrengend sein?«, sagte Sina kopfschüttelnd.

Das fragte ich mich auch. Aber eines stand fest: Alle anderen aus meiner Klasse hatten lauter unterschiedliche Botschaften gezogen. Nur Sina und ich hatten ein und dieselbe.

Henry sah uns wissend an. »Die Glückskekse lügen nie. Der Rest ist Schicksal, sagt mein Opa immer.«

Verwundert blickten Sina und ich auf unsere identischen Botschaften. »Unsere Familie wird größer werden«, flüsterten wir gleichzeitig und sahen uns plötzlich so an, als würden wir uns das erste Mal sehen. Denn wenn die Glückskekse nicht logen, dann sagten sie uns, dass wir richtige Schwestern werden würden.

»Das würde ich mir mehr als alles andere wünschen«, flüsterte ich Sina in dem Getümmel zu. »Ich mir auch«, wisperte sie zurück. »Es wäre ein richtiges Weihnachtswunder, wenn wir eine Familie würden.« Einen Moment lang war es ganz still in dem Flur vor unserem Klassenzimmer, so als ob das Schicksal kurz den Atem angehalten hätte.

Dann heulte Fabian laut auf, weil er, verfolgt von Paul, mit dem Kopf gegen die Garderobe geknallt war. »Könnt ihr es nicht mal ruhiger gehen lassen«, zischte unsere Deutschlehrerin vorwurfsvoll, die gerade zur ersten Stunde eintraf. Fabian hielt sich die Stirn und stöhnte gequält: »Frau Rottmeier, ich sehe lauter kleine Schiffchen.« Paul knurrte: »Klappe, du Ei.«

Unsere Lehrerin konnte darüber nur den Kopf schütteln. »Jungs, müsst ihr immerzu rangeln?«, sagte sie, während sie die Tür zu unserem Klassenzimmer aufschloss. Sie wies Paul an, seinen Freund ins Sekretariat zu begleiten, und schaltete das Licht im Klassenzimmer an.

»He.« Henry stupste mich an, bevor wir zu unseren Plätzen gingen, und ließ einen Glückskeks in meine Hand wandern. »Einer ist übrig geblieben. Schaut am Ende des Jahres nach, ob dies die Antwort auf eure gemeinsame Botschaft ist. Dann wisst ihr, ob die Glückskekse recht behalten haben.«

Das klang so spannend, dass ich am liebsten sofort nachgeschaut hätte. Aber auch wenn es mir in den Finger kribbelte, die Botschaft aus dem letzten Glückskeks zu ziehen, widerstand ich der Versuchung. Wir steckten den letzten Glückskeks in die Seitentasche von Sinas Schultasche.

In der zweiten Stunde zogen wir unsere Wichtelpartner. Am vorletzten Schultag vor den Ferien sollten wir uns gegenseitig beschenken. Ich sollte ein kleines Geschenk für Maja besorgen, während es natürlich streng geheim blieb, wer mich bewichteln würde. Nicht alle schafften das: Carolin, die neu in der Klasse war und bisher vor allem durch ihr Lederjacke und Schnürstiefel-Outfit aufgefallen war, freute sich laut, dass sie Paul als Wichtelpartner bekommen hatte. »Keine Ahnung, warum man den unbedingt bewichteln wollen sollte«, wisperte ich Sina zu. »Sie kann ihn geschenkt haben«, wisperte Sina zurück. »Mich ärgert er in letzter Zeit immer.« Dann endlich schellte es zur großen Pause. Sina und ich liefen ins Erdgeschoss, um uns einen warmen Kakao zu holen.

Zurück in der Klasse fiel mir mein geheimes Wunschbuch ein, die Kladde, in die ich all das male und klebe, was niemand sonst sehen darf. Erst gestern Abend hatte ich eine neue Seite hinzugefügt, die war top secret. Zuoberst hatte ich in bunten Regenbogenfarben Buchstaben geschrieben, die besagten: *Meine Familie*. Darunter hatte ich lauter Fotos ausgeschnitten und so zusammengeklebt, dass sie eine lange Kette über die Seitenbreite bildeten. Zuerst kam Mama, blond und in einem kurzen Sommerrock, die lachend ihre Haare zurückstrich. Dann folgten Grace und Ethan, meine kleinen und supersüßen Halbgeschwister, die mit Dad und seiner neuen schrecklich eingebildeten Frau in London lebten. Darauf folgte Sina als Wunschschwester, und weil sie auf dem Foto ihren Vater umarmte, war Michel auch mit im Bild. Breitschultrig und dunkelhaarig. Vor den beiden saß McSniff, ihr riesiger wie zotteliger Hütehund. Er bekam tierische Gesellschaft durch Einstein, Merlin, Mim und Daisy, die Hunde, die ich nachmittags sittete. In der Mitte von allen stand ich und hielt meine beiden Isländer an den Zügeln. Der Wind spielte mit den Mähnen von Liptura und Alvar und mit meinen langen Haaren. Plötzlich wurde mir ganz heiß. Gestern hatte ich meine perfekte Familie aufgeklebt. Nur Opa und Oma Hansen fehlten, weil es von ihnen nur ein altes Foto im Album gab. Mama wäre es bestimmt nicht recht gewesen, wenn ich das zerschnitten hätte. Jetzt erst sah ich es: Mama und Michel, der Vater von Sina, sahen aus, als wären sie die Eltern … und heute zogen Sina und ich ein und dieselbe Botschaft, die uns genau das verkündete. Wie konnte das sein?

»Sina«, wisperte ich, und meine Stimme klang zittrig. »Komm mal mit, du musst dir was ansehen und mir sagen, ob ich anfange zu spinnen.« Ich zog meine Wunschkladde aus dem Seesack und dann Sina hinaus auf den Flur. Von dort liefen wir zur Mädchentoilette im zweiten Stock. Wir huschten in eine Kabine und sperrten hinter uns ab. Erst dann klappte ich mein Wunschbuch auf und hielt es aufgeschlagen Sina hin. »Was sagst du dazu?« Wir quetschten uns zu zweit auf den Toilettendeckel.

Sina blickte auf die zusammengeklebten Fotos: »Oh ja, Grete, das wird so was von himmlisch«, wisperte sie. »Mein Vater und deine Mutter geben so ein schönes Paar ab. Sie haben doch auch gemeinsame Interessen. Mein Paps geht gerne wandern und deine Mutter auch. Wenn sie ein Paar wären, könnten sie McSniff zu den Wandertouren mitnehmen, wir aber würden einfach lässig zu Hause bleiben.«

»Genial, dann wären wir endlich dieses blöde Wandern los«, rief ich. Meine Wangen brannten, so aufgeregt wurde ich bei dem Gedanken, dass wir wirklich eine Familie werden könnten. »Sina, dann wäre immer jemand zu Hause. Wäre das nicht toll?« Es gongte. Wir öffneten die Tür und liefen zu unserer Klasse zurück.

Sina nickte. »Unsere Chancen stehen nicht schlecht. Die beiden haben noch etwas gemeinsam. Du hast doch erzählt, dass deine Mutter auch alte Kinofilme liebt, oder?«

Ich nickte stumm.

»Genau wie mein Vater!«

»Richtig«, flüsterte ich aufgeregt zurück, während wir die Treppen hinabliefen. »Und beide arbeiten viel, das passt einfach perfekt.« Wir hätten noch so viel zu besprechen gehabt, immerhin ging es um unseren größten Wunsch. Aber leider erwartete uns eine Doppelstunde Mathe. Das Schicksal zeigte sich von seiner harten Seite. Aber wir wussten schon genau, was wir nach der Schule machen würden.

Es dämmerte schon fast, als wir endlich um 15:15 Uhr nach der achten Stunde aus der Schule kamen. Sina hatte es eilig, nervös zupfte sie mich am Ärmel: »Grete, sag, bist du dir wirklich sicher, dass deine Mutter überhaupt frei ist?« Ihre Stimme klang besorgt.

»Aber klar doch!«, sagte ich mit dem Brustton der Überzeugung, während wir die Schultür aufzogen und in die kalte Winterluft traten. Kleine weiße Atemwolken kamen aus meinem Mund, als ich sagte: »Mama reichen völlig ihre Arbeit und ich, für Männer hat sie gar keine Zeit mehr. Sie arbeitet ja auch noch ehrenamtlich für den Umweltschutzverein.«

Sina atmete auf, sichtlich erleichtert. Sie beugte sich vor, so dass sie mich im Gehen anblicken konnte. »Dass deine Mutter einen Freund hat, macht mir seit Chemie in der Fünften Sorgen«, gestand sie. »Immerhin könnte es ja sein, sie ist total nett und sieht echt gut aus.«

Wir liefen nebeneinander durch die geschmückte Straße, vorbei an Straßenlaternenpfosten, an die lauter kleinen Tannenbäumchen mit roten Schleifen in den Zweigen gebunden waren. Dass Mama gut aussah, nun, das hatte ich mir so noch nie überlegt. Sie war eben Mama und damit Schluss. Aber natürlich hatte sie auf der Arbeit und bei der Arbeit für den Umweltschutzverein mit Männern zu tun. Einer davon war dieser bärtige Waldschrat namens Udo, der nie lachte. Eine eigenartige Unruhe erfüllte mich bei dem Gedanken. Was, wenn Mama heimlich einen Freund hatte, ohne es mir zu sagen? Udo, zum Beispiel. Meine Schritte wurden immer schneller. Schon schoss mir durch den Kopf, dass Udo auf dem Sommerfest des Umweltschutzvereins Kuchen mit uns gegessen hatte. Viel länger als notwendig war er bei uns stehen geblieben. Mein Atem ging schneller. Hatte das etwas zu bedeuten? Schon fiel mir noch etwas ein. Mama sah Udo öfter bei den Treffen des Umweltschutzvereins, aber dann war ich natürlich nicht dabei. Wer weiß, was sie dann machten? Eine schreckliche Vorstellung! Aber würde Mama so etwas tun? Insgeheim mit einem Mann ausgehen, ohne mir etwas davon zu sagen? Was würde sie noch alles mit diesem Mann tun, dachte ich, und bei dem Gedanken wurde mir ganz flau. Küssen war da ja noch das Harmloseste! Aber dann schüttelte ich entschieden den Kopf. Mama war immer ehrlich zu mir, darauf legte sie viel Wert.

Sina stupste mich besorgt an. »Du siehst so ernst aus, Grete. Gibt es da doch jemanden, den deine Mutter mag?«

Mit einem Mal waren meine Sorgen wie verflogen. »Nein! Sie ist solo«, versicherte ich meiner ABF mit Nachdruck und hakte mich bei ihr ein. »Dein Vater hoffentlich auch?« Ich blieb unter der Tannengrün-Lichterketten-Beleuchtung stehen, die den Marktplatz überspannte, und blickte Sina gespannt an. Was nützte es, wenn Mama frei war, aber Sinas Vater in einer Beziehung steckte?

Meine ABF zögerte kurz, dann nickte sie. »Es gab da eine Kollegin, die Paps öfter am Wochenende und manchmal abends eingeladen hat. Aber er hat jedes Mal abgesagt und betont, dass er als alleinerziehender Vater keine Zeit hätte. Damit ist die Sache doch klar auf Eis, findest du nicht?«

Ich nickte beruhigt. Das klang ehrlich und nach einer deutlichen Absage. Gut so! Denn was ich ganz bestimmt nicht brauchen konnte, war ein Mann, der mit Mama nur spielte. Davon gab es jede Menge! Das wusste ich so genau, weil ich die tragischen Liebesgeschichten von Mamas Freundinnen bei ihren Treffen in unserer Wohnung so oft belauscht hatte. So ein mieser Kerl würde meine Mutter auf keinen Fall kriegen, da würde ich schon aufpassen.

Wir kamen an den kleinen dunkelrot gestrichenen Buden des Weihnachtsmarktes vorbei. Ich schnupperte. Es roch herrlich nach frisch gebackenen Waffeln, Bratäpfeln, gebrannten Mandeln und ein bisschen nach Kerzenwachs. Hm, ich schnupperte wieder, es roch so richtig schön nach Weihnachten. Am liebsten hätte ich mir diesen weihnachten Duft mit nach Hause genommen.

Mit einem Mal blieb ich stehen, denn mir fiel etwas ein, dass bei Sinas Zuhause ganz anderes war als bei Mama und mir.

»Gibt es doch jemanden? Ist dir noch jemand eingefallen?« Alarmiert blieb Sina mitten in dem Gang zwischen den Buden stehen und sah mich fragend an. Ihre Haare leuchteten feuerrot in dem Lichtschein der Lampen, ihr Gesicht war ernst. Die anderen Weihnachtsmarktbesucher drängten sich an uns vorbei.

Ich schüttelte den Kopf. »Nein, das ist es nicht, Sina. Es ist nur, bei euch ist es immer so richtig schön weihnachtlich geschmückt, während bei uns weihnachtsfreie Zone herrscht. Und das schon seit ich denken kann. Mama kommt einfach kein einziger Stern oder Engel ins Haus. Da ist nichts zu machen. Ich weiß nicht warum, aber so ist es nun mal.« Ich war erleichtert, dass es raus war. Immerhin kannte Sina unsere Wohnung in der Adventszeit. »Ich meine nur, können sich unsere Eltern überhaupt ineinander verlieben, wenn sie an diesem Punkt so ganz entgegengesetzter Meinung sind?« Ich wusste es nicht.

»Ach, wenn es nur das ist«, rief Sina und winkte ab. »Das gibt sich schon. Vielleicht kommt deine Mutter ja auf den Geschm…« Sie sprach nicht weiter. Ihre Augen wurden groß. Ich folgte ihrem Blick und meine Knie wurden weich. Dort, zehn Meter vor uns, am Stand des Umweltschutzvereins, stand Waldschrat Udo zusammen mit meiner Mutter. Noch hatte sie mich nicht gesehen, denn sie hielt ein Poster an die Holzwand, das Udo festnageln sollte. Er machte anscheinend einen Witz, denn Mama lachte so, dass sie kaum noch das Poster halten konnte. Wieso brachte dieser Waldschrat sie zum Lachen?

»Hallo, ihr zwei«, rief Mama gut gelaunt und legte den Hammer weg. Wieso war sie so gut drauf? Lag das an diesem Waldschrat? Wie festgefroren stand ich mitten zwischen den Weihnachtsbuden. Die Weihnachtsmarktbesucher schoben sich an mir vorbei.

Sina gab mir einen Stups. »Los, gehen wir zu ihr«, sagte sie entschieden.

»Na, das ist ja eine Überraschung«, rief Mama, »ich wusste gar nicht, dass ihr heute auf den Weihnachtsmarkt wolltet.« Mama bückte sich und holte ihre Geldbörse hervor. »Hier, ich spendiere euch Waffeln oder Bratäpfel. Sucht euch etwas Leckeres aus.« Sie gab mir einen Fünfeuroschein und fügte hinzu: »Grete, ich bin heute erst um 19 Uhr zu Hause. So lange haben Udo und ich hier noch Standdienst.« Der Waldschrat nickte zur Bestätigung und das störte mich richtig. Sollte er sich doch alleine um den Stand kümmern und Mama in Ruhe lassen.

»Danke schön, Mama«, brachte ich mühsam hervor, als ich den Geldschein einsteckte. Sina strahlte meine

Mutter an: »Vielen Dank und bis bald, Antje. Ich muss gleich los, um McSniff in der Huta abzuholen.«

Udo, der Waldschrat, guckte verwundert. Er wusste natürlich nicht, dass eine Huta eine Hundetagesstätte war. Ich würde es ihm nicht erklären. Denn mich störte ganz entschieden, dass er Mama zum Lachen brachte.

»Schöne Grüße an deinen Vater«, rief meine Mutter noch Sina nach. Meine ABF rief strahlend: »Richte ich ihm gerne aus!«, und gab mir einen Stups. Bislang kannten sich unsere Eltern nur telefonisch. Sie vertraten sich gegenseitig auf Elternabenden in der Schule, hatten sich aber noch nie persönlich getroffen. Denn natürlich wurden Sina und ich nicht mehr wie Kindergartenkinder zu einer Verabredung hingebracht und anschließend wieder abgeholt.

Als wir weit genug vom Umweltschutzvereinstand entfernt waren, bestellten wir uns zwei Waffeln mit Puderzucker. Sina biss in ihre Waffel, dass es staubte. Sie kaute und sagte dann entschieden: »Damit unser Weihnachtswunder klappt, müssen sich unsere Eltern so bald als möglich kennenlernen!« Sie hatte einen entschlossenen Zug um den Mund und wischte sich etwas Puderzucker aus dem Gesicht. »Dieser Udo ist ein echtes Risiko. Hast du gesehen, wie er deine Mutter anhimmelt?«

»Aber sie beachtet ihn gar nicht«, brachte ich zur Verteidigung meiner Mutter vor und ließ meine Waffel sinken. »Weißt du, sie sind halt beide ehrenamtlich für den

Umweltschutzverein im Einsatz.« Ich biss ein Stück von der herrlich warmen Waffel ab, aber sie schmeckte mir nicht. Was ist, wenn da mehr ist?, meldete sich meine innere Stimme zu Wort. Wieso war der Waldschrat auf einmal so gut drauf? Weshalb hat sich Mama über seinen Witz fast kaputtgelacht? Meine innere Stimme fragte das so besserwisserisch, dass ich sie am liebsten aus meinem Gedächtnis weggewischt hätte wie Puderzucker aus dem Gesicht. Sina hatte recht, da durften wir nichts riskieren.

»Okay«, sagte ich zu meiner ABF, »aber *wie* stellen wir es an, dass sich unsere Eltern endlich kennenlernen?«

Auf diese superwichtige Frage fanden wir einfach keine richtig gute Antwort, trotz nächtlicher Handykonferenz nicht. Vor allem wollten wir nichts falsch machen! »Sie müssen sich halt zufällig treffen«, fand ich. »Nicht nur das, es muss ein schöner Zufall sein«, gab Sina zu bedenken. »Eine falsche Begegnung und alles kann vorbei sein, bevor es überhaupt angefangen hat.« Das wollten wir auf keinen Fall riskieren.

Als Henry am nächsten Tag in der ersten großen Pause von unserem Problem hörte, meinte er: »Kommt nach der Schule mit in unseren Chinaladen. Mein Opa sagt, da gibt es ein Kraut für alles.«

Es war eiskalt, als wir nach Schulschluss neben Henry in die Stadt liefen. Ich vergrub die Hände in den Jackentaschen. Sina hatte von der Kälte rote Wangen. »Jede Wette, bald gibt es Schnee«, meinte Henry und bog in eine kleine Seitenstraße ab. Vor einem schmalen Ladenlokal blieb er stehen. Ein Glöckchen klingelte, als Henry die Glastür aufstieß.

»Stopp«, schrie Sina, »wir wissen doch noch gar nicht, was wir denn deiner Familie sagen sollen!« Aber da war es schon zu spät, da standen wir schon zu dritt mitten in dem Chinaladen. Er war bis auf den letzten Zentimeter vollgestellt. In einer Ecke standen große weiße Säcke auf dem Boden. Es roch nach Gewürzen, die ich nicht benennen konnte. Auf der Theke begrüßte uns eine goldene Katze mit auf- und abwinkender Pfote. Sonst war niemand zu sehen.

»Wartet eben, ich gehe und hole meinen Opa«, sagte Henry, und er verschwand hinter einem roten Vorhang in ein Hinterzimmer. Das war unsere Chance.

»Komm, Sina, lass uns abhauen«, wisperte ich verlegen. Wir konnten ja schlecht Henrys Eltern oder seinen Großvater fragen: »Wie schaffen wir es, dass sich unsere Eltern kennenlernen, auf den ersten Blick ineinander verlieben, damit wir eine Familie mit Hütehund und Weihnachtsdeko werden?« Das war einfach viel zu privat, um es jemanden zu fragen, den wir noch nicht einmal kannten. Warum hatte ich nicht vorher daran gedacht?

Auch Sina schien unsere Anwesenheit im Chinaladen ziemlich peinlich zu sein. »Ja, komm, wir gehen«, flüsterte sie, und wir schlichen auf Zehenspitzen zur Ladentür. Wir waren fast dort angekommen, als ein alter grauhaariger Mann aus dem Hinterzimmer in den Laden trat. Zusammen mit Henry kam er durch den schmalen Gang zu uns herüber. Zwischen einem Regal mit Teedosen und vor einem Regal, das mit chinesischen Porzellantassen und -kannen beladen war, verneigte er sich mehrmals vor uns: »Ganz zu Ihren Diensten, was kann ich für Sie tun?«, fragte er höflich und mit einem Akzent.

Noch nie in meinem Leben hatte mich jemand gesiezt. Ich wusste gar nicht, was ich sagen sollte. Auch Sina schaute verlegen auf ihre Stiefelspitzen. Die goldene Katze auf der Theke winkte noch immer. Womit sollten wir unser Kommen begründen? Ich wollte wirklich gerne wissen, ob es einen Liebeszauber für unsere Eltern gab. Doch es kam mir einfach zu verrückt vor, um danach zu fragen.

In der Stille räusperte sich Henry, und dann sagte er so, als sei es das Selbstverständlichste der Welt: »Zwei Glückskekse sagen, ihre Familie würde größer werden. Opa, was kann man dafür tun, dass es in Erfüllung geht?«

Meine Wangen brannten und Sina neben mir leuchtete so rosa wie ein Glücksschwein aus Marzipan. Gott, war das peinlich, der alte Mann würde uns bestimmt auslachen. Doch das tat er nicht. Er nickte mehrmals, ging zu einem Hocker und setzte sich in aller Seelenruhe hin. »Das ist eine gute Frage«, sagte er. Dann stützte er sein Kinn mit dem grauen Spitzbart in die Hand. »Nun.« Er fuhr sich langsam über den Bart. »Es genügt nicht, mit dem Wunsch, Fische fangen zu wollen, an den Fluss zu gehen. Man muss auch ein Netz mitnehmen.«

Sina und ich nickten sprachlos. Das klang absolut logisch! Doch bevor wir etwas sagen konnten, öffnete sich bimmelnd die Ladentür. Eine dicke Frau kam herein und verlangte nach getrockneten Pilzen. Ich bekam eine Gänsehaut, denn ich mag keine Pilze. Selbst wenn welche auf der Pizza sind, nehme ich sie immer ab. Der Opa von Henry lief geschäftig zum Regal, zog eine der vielen großen Dosen hervor und öffnete den Deckel. Er holte die die Pilze heraus und wog sie sorgfältig ab. Wieder bimmelte die Ladentür, und ein Mann mit zwei Kindern kam herein, der einen bestimmten Tee suchte.

Sina und ich erwachten aus unserer Starre. »Hast du gehört? Wir brauchen ein Netz!«, sagte ich aufgeregt. »Klar, das Netz ist ein Symbol!« Darüber hatten wir erst letztens lang und breit in Deutsch gesprochen. Wie ein Geheimzeichen wies das Symbol auf einen größeren Sinnzusammenhang hin. So stand das Kreuz für den christlichen Glauben. In unserem Fall bedeutete das Netz, dass man etwas dafür tun musste, damit sich die Eltern ineinander verliebten. Dies passierte nicht einfach von selbst. »Wir müssen das Netz sein, damit unsere Eltern ins Netz gehen!«, flüsterte ich, und meine Stimme klang rau vor Aufregung.

Sina sah mich sprachlos nickend an.

»Aber eines verstehe ich nicht.« Henry kam heran, und mit leiser Stimme fragte er: »Was genau müsst ihr tun, damit euch eure Eltern ins Netz gehen?«

»Wir müssen eine romantische Begegnung zwischen

ihnen organisieren«, sagte ich. Sina nickte zustimmend. Aber Henry zuckte ratlos die Schultern. »Da gibt es doch Millionen von Möglichkeiten, woher wisst ihr, welche die richtige ist?«

Das wussten wir natürlich nicht. Ratlos standen wir zwischen den Regalen. Der Mann mit den Kindern verließ den Laden. Henrys Opa räumte die Teedosen zurück ins Regal. Er öffnete eine Dose und nahm ein kleines Tütchen heraus.

»Probiert es hiermit«, sagte er, »ein Liebeszauber.«

Sina nahm die Tüte entgegen. »Vielen Dank«, sagte sie, »das ist ja großartig…« Und dann las sie, was darauf stand. »Aber das ist ja Vanillezucker?«

Auch ich sah den Opa von Henry verwundert an. Wollte er einen Scherz mit uns machen?

Er lächelte uns an und sagte: »Vanille galt lange als Königin der Gewürze. Sie duftet nicht nur verführerisch, sie wirkt auch so. Probiert es aus.« Mit diesen Worten verschwand er wieder in dem Hinterzimmer.

»Ein klarer Fall für Google«, sagte ich entschlossen. »Komm, Sina, wir brauchen ein Plätzchenrezept und müssen los. Henry, sag deinem Opa tausend Dank von uns«, fügte ich schnell noch hinzu, bevor ich Sina aus dem Laden mit der winkenden Katze zog.

Drei Stunden und zwei Bleche Vanillekipferl später saßen wir im Schein der Stehlampe mit McSniff auf dem

Fußboden von Sinas Zimmer. Das Haus von Sina duftete nach Vanillekipferln. Sehr zufrieden klappte sie das Laptop zu. »Also gut, wenn Vanille wirklich ein Liebeszauber ist, dann werden gleich unsere Vanillekipferl bestens wirken.« Sie schnupperte. »Die duften wirklich himmlisch. Grete, jetzt musst du nur noch heute Abend deine Mutter herbekommen.«

Genau das bereitete mir Kopfzerbrechen. Mama holte mich nie bei Sina ab. Deshalb kannte sie Michel, Sinas Vater, auch noch nicht. »Aber weshalb muss sie herkommen und mich abholen?«, fragte ich unsicher.

Sina sah mich ungläubig an. »Na, ist doch logisch: damit sie meinen Vater trifft, während es wunderbar nach Vanille duftet, und damit die beiden sich auf den ersten Blick verlieben. Was ist mit dir los, Grete? Geht es dir nicht gut?« Sina sah mich an, als hätte ich noch nicht verstanden, dass eins plus eins zwei ergibt. Das störte mich ganz gewaltig. McSniff kratzte sich verlegen hinter dem Ohr. Sonst war nichts zu hören.

Ich holte Luft. »Natürlich ist mir klar, wozu meine Mutter herkommen soll!«, zischte ich empört. »Die Frage ist nur, *weshalb* sie mich bei dir abholen muss. Immerhin bin ich nicht mehr vier Jahre alt und schaffe es alleine nach Hause. Schon vergessen?«

In dem Moment wurde ein Schlüssel in der Haustür gedreht, schon ging die Tür auf. McSniff flitzte aufgeregt wedelnd davon. »Na, mein Guter«, hörte ich die dunkle

Stimme ihres Vaters durch das Treppenhaus, bevor er laut rief: »Sina-Baby, ich bin jetzt daaaahah!«

Michel war ja super drauf. Ich hörte, wie seine Aktentasche mit einem Knall auf dem Fußboden landete, dann steppte Sinas Vater den Flur hinunter, bis in Sinas Zimmer hinein.

»Oh«, sagte Michel peinlich berührt, als er mich auf dem Boden sitzen sah. »Hallo, Grete, ich wusste nicht, dass du da bist.« Er deutete zum Fenster. »Habt ihr schon gesehen, wie stark es schneit?« In seinen dunklen Haaren schmolzen ein paar winzige Schneeflocken.

»Echt?«, riefen Sina und ich gleichzeitig. »Wahnsinn!« Wir stürmten ans Fenster und schauten in die Dunkelheit hinaus. Es sah so aus, als ob wir in einer riesigen Schneekugel stünden. So dicht wirbelten draußen die weißen Flocken vor der Dunkelheit umher.

»Grete, du solltest heute Abend nicht mit dem Bus nach Hause fahren«, sagte Michel ernst. »Die sind bestimmt alle verspätet. Mit dem Schneefall hat niemand gerechnet. Am besten rufst du deine Mutter an. Falls sie nicht kommen kann, bringe ich dich nach Hause.«

Wenn das kein Wink vom Schicksal war. »Nein, kein Problem«, versicherte ich Sinas Vater. Ich rief Mama auf dem Handy an. Sie meinte auch, das Schneetreiben würde alles lahmlegen, und versprach, in einer Viertelstunde da zu sein. Ich legte auf, mein Herz schlug so schnell wie vor Silvester. Wenn man genau weiß, es kommt etwas Neues, aber nicht ahnt, wie es aussehen wird. Auch Sina hatte rote Wangen vor Aufregung.

Nur Michel ahnte nicht, dass etwas Besonderes unmittelbar bevorstand. Aber er schnupperte und fragte neugierig: »Sagt mal, was duftet hier so gut? Habt ihr etwa gebacken?«

Sina und ich nickten stolz. »Vanillekipferl, zwei Blech!«

Michel verschwand in die Küche. »Nicht alles aufessen, Paps«, rief Sina besorgt. Immerhin musste die Vanille noch beweisen, dass sie wirkte! Der Countdown für die erste Begegnung unserer Eltern lief. Ich blickte auf den kleinen weißen Wecker, der auf Sinas antikem Nachttischchen stand. Es war nicht auszuhalten: noch 13 Minuten, bis Mama hier sein würde… Nein, das war viel, viel aufregender als Silvester!

»Das Warten ist die reinste Folter«, wisperte Sina. McSniff spürte sofort, wie aufgeregt wir waren, und stupste uns abwechselnd mit seiner dicken schwarzen Nase an. So, als ob er sagen wollte: *Mädels, ist doch alles in Ordnung, denn ich bin bei euch.* Aber für uns stand der wichtigste Moment in unseren bisherigen Leben bevor.

McSniff wollte uns ablenken und brachte uns der Reihe nach seine Kuscheltiere. Ein Tiger-Stofftier mit angefressener Augenbraue, dann ein Schweinchen ohne Ringelschwanz und schließlich seinen Ball, damit wir ihn für ihn werfen sollten. Aber das ging nicht, wir hatten einfach keine Hand frei.

Denn Sina und ich hielten uns an beiden Händen und sahen angespannt zu, wie der Minutenzeiger auf Sinas Wecker weiter wanderte. Eine Runde, zwei, drei ... sieben.

»Wenn jetzt gleich nicht deine Mutter klingelt, dann mache ich mir in die Hose«, rief Sina und wippte auf der Stelle. Mir ging es nicht viel besser. Mir war heiß und eiskalt zugleich. Würde sich unser gesamtes Leben in wenigen Momenten ändern? Wenn die Glückskekse nicht logen, dann würde es so sein.

»Ich halte es nicht mehr aus, ich geh aufs Klo«, stöhnte Sina, und in genau diesem Moment schellte es.

5

McSniff flitzte an uns vorbei und sauste zur Haustür. Er liebte es, Besuch zu bekommen. Wir hörten von Sinas Zimmer aus, wie Michel die Tür öffnete, hielten den Atem an und spitzten die Ohren.

»Hallo«, sagte die Stimme meiner Mutter auf so eine richtig nette Art. »Wir kennen uns nur telefonisch. Ich bin Antje Hansen und wollte meine Tochter abholen.«

»Hallo«, erwiderte Michels dunkle Stimme. »Michel Morgen, endlich lernen wir uns mal in echt kennen.«

Das klang ja schon vielversprechend! »Los, wir müssen sehen, wie sie sich angucken«, wisperte Sina. »Pst, leise!« Auf Zehenspitzen huschten wir in den Flur. Hinter dem alten Garderobenschrank blieben wir stehen und lugten hervor.

McSniff begrüßte meine Mutter voller Begeisterung. Er wedelte so wild mit dem Schwanz, dass er gegen die offen stehende Haustür schlug.

»Das ist aber ein Feiner«, sagte Mama mit ihrer Dich-würde-ich-am-liebsten-mitnehmen-Stimme. Denn sie hatte eine große Schwäche für Hunde, das hatte ich von ihr geerbt. Mamas Haare fielen vor, als sie sich vorbeugte, um den Hund hinter seinen Ohren zu kraulen. McSniff seufzte erfreut und setzte sich auf Mamas Stiefelspitzen. Das war seine Art zu sagen: *Bleib genau hier und kraule mich weiter!*

»Entschuldigen Sie bitte«, sagte Michel verlegen, und er wollte den Hund von Mamas Füßen schieben. »Sonst ist er nicht so aufdringlich, wirklich nicht.«

»Ach, das macht doch nichts«, sagte Mama leichthin, und sie streichelte McSniff weiter. »Ich bin mit Hunden groß geworden. Zu Hause hatten wir auch immer einen Hütehund. Bestimmt ist Ihrer gut mit Schafen, oder?«

»Ehrlich gesagt, das weiß ich nicht.« Michel grinste. »Im Stadtpark und im Wald treffen wir nie welche.«

Mama lächelte. »Was nicht ist, kann ja noch werden.« McSniff rollte sich zu Mamas Füßen auf den Rücken. Sie beugte sich zu ihm herab und kraulte ihm das flauschige, helle Fell am Bauch. Sie lächelte und flüsterte dem Hund ein paar Koseworte zu. Ihre Haare leuchteten golden im Schein der Flurlampe. Jetzt sah ich selbst, dass meine Mutter gut aussah.

»Das läuft doch ganz wunderbar«, wisperte mir Sina ins Ohr.

»Ach, es ist ja schon dunkel«, sagte da Michel, und er öffnete den Sicherungskasten im Flur. Schon legte er einen der kleinen Schalter um, und unzählige Glühbirnchen, die außen am Haus an Lichterketten entlang des Daches und um die Fenster verliefen, flammten mit einem Mal in der Dunkelheit auf. Die Außenbeleuchtung der Morgens war aktiviert. Der Lichtschein fiel durch die offen stehende Haustür und durch das Flurfenster bis in den Flur und tauchte ihn in ein märchenhaftes Licht. Es sah plötzlich so feierlich aus wie der Ballsaal von *Drei Nüsse für Aschenbrödel*. Ein Film, für den ich natürlich längst zu groß bin, den ich aber immer noch jedes Jahr Weihnachten heimlich anschaue.

Mama richtete sich in dem Lichtschimmer auf und holte tief Luft. »Sie haben es aber schön«, sagte sie.

»Oh, danke«, erwiderte Michel höflich.

»So schön hell, meine ich!« Mamas Stimme klang mühsam beherrscht.

Oh, bitte nicht, dachte ich. Denn ich ahnte, womit Mama nun loslegen würde. Oh, bitte, bitte nicht. Aber zu spät. Meine Mutter hob das Kinn und sah Michel genau in die Augen. »Hoffentlich machen Sie nicht der Landebahn des Flughafens Konkurrenz, so hell wie Ihre Außenbeleuchtung ist.« Bissiger hätte Mama es kaum sagen können.

Neben mir, hinter dem Schrank versteckt, schlug sich Sina entsetzt die Hand vor den Mund, trotzdem hörte ich ihren unterdrückten Aufschrei noch. Die Situation wurde immer schwieriger. Am liebsten hätte ich die Zeit zurückgedreht und hätte alles dafür gegeben, alleine nach

Hause gefahren zu sein. Aber zu spät. Unsere Eltern waren nicht mehr zu stoppen.

Michel funkelte Mama wütend an. »Nun, bislang habe ich keine Anfragen vom Flughafen wegen Landeerlaubnissen bekommen. Aber was nicht ist, kann ja noch werden.« Ob Sinas Vater ganz bewusst Mamas Worte von vorhin nachäffte?

Mama warf ihre Haare mit einer Handbewegung über die Schulter, dann sagte sie ihm ins Gesicht: »Das, was Ihre Weihnachtsbeleuchtung ist, ist eindeutig: Sie ist ein Stromfresser ohne Ende. Damit schaden Sie der Umwelt. Bei allem Respekt, aber das muss einfach mal gesagt werden.«

Michel blickte Mama von oben herab an: »Muss es das?«, fragte er spitz zurück. »Was passiert denn, wenn Sie es nicht sagen würden? Platzen Sie dann oder was ist dann zu befürchten?«

»Phh«, stieß Mama schnaufend hervor, dann holte sie Luft. So macht sie immer, wenn sie richtig wütend ist. »Da Sie auch eine Tochter haben, sollte Ihnen doch zumindest daran gelegen sein, dass Sina noch lebenswerte Bedingungen auf der Erde vorfindet, wenn sie mal erwachsen ist.«

McSniff stand ratlos zwischen Michel und Mama. Er stupste Michel an, doch der beachtete den Hund nicht. Stattdessen verzog Michel den Mund. »Ach, danke für den Hinweis. Aber Sie werden es nicht glauben, für manch einen mag durchaus Weihnachten das Leben lebenswert machen und Menschen Hoffnung geben. Denn die Adventszeit und Weihnachten bringen viel Licht in die dunkle Zeit.« Er hielt kurz inne, dann fügte er hinzu: »Aber so etwas kommt für Sie ja garantiert nicht infrage, oder?« Er blickte Mama herausfordernd an.

McSniff stupste Mamas Hand an. Aber sie beachtete ihn nicht. Mama schnappte hörbar nach Luft. Ihre Stimme bebte: »Na gut, ich sage es Ihnen sofort: Ja, wir feiern in unserer Familien kein Weihnachten im üblichen Sinne, aber das heißt noch lange nicht, dass ich meiner Tochter keine Hoffnung mitgeben wollte.« Ihre Hände zitterten, als sie den Kragen ihres Mantels hochklappte. »Grete, kommst du bitte, wir müssen gehen!«, rief sie dann in den Flur hinein. Auch ihre Stimme zitterte.

Michel sah meine Mutter verwundert an. Mit so einer heftigen Reaktion von ihr hatte er wohl nicht gerechnet. Ich auch nicht. Enttäuscht trat ich hinter dem Garderobenschrank hervor und fühlte mich wie ein Kind, dessen neues Spielzeug gleich nach dem Auspacken unter dem Tannenbaum kaputt gegangen ist. Todtraurig!

Aber Sina ließ sich so schnell nicht unterkriegen. Strahlend trat sie in den Flur und rief: »Antje, hallo. Du musst unbedingt unsere Vanillekipferl probieren, die haben Grete und ich eben erst gebacken.« Während ich meine Schuhe und meine Winterjacke benommen anzog, lief sie in die Küche und kam mit der Keksdose zurück.

»Probier mal!« Sie hielt Mama die gut gefüllte Keksdose hin, aus der es herrlich nach Vanille duftete. Ob die Vanillekipferl die Situation noch retten könnten?

»Genau, Mama, die haben wir ganz alleine gemacht«, fügte ich rasch hinzu.

»Oh.« Meine Mutter zögerte. So, als ob sie überlegte, ob sie nach dem Streit im feindlichen Haus einen Keks nehmen dürfe. Oder ob sie es besser lassen und uns enttäuschen würde.

»Sie sind wirklich sehr gut«, fügte Michel hinzu, ganz ernsthaft und irgendwie auch betroffen von dem Streit. McSniff setzte sich vor Mama hin und machte Männchen. Er sah allerliebst aus, wie ein großer Teddybär.

»Nein«, sagte Mama zu dem Hund, »das ist nichts für dich, aber …« Sie beugte sich zu Sina vor. »Ich muss unbedingt einen von euren selbst gebackenen Vanillekipferln probieren.« Sie nahm einen aus der Dose, steckte ihn in den Mund, kaute und sagte lobend: »Hmm, die machen süchtig, so gut sind sie.« Vielleicht, so hoffte ich plötzlich aus ganzem Herzen, würde es nun doch noch zwischen Michel und meiner Mutter funken, wenn die Vanille ihre Wirkung zeigte. McSniff machte immer noch Männchen. Aber Mama blieb hart. Kein Zucker für Hunde, die nicht zum Zahnarzt gehen konnten.

Michel räusperte sich. Bemüht, ernst zu bleiben, erklärte er Mama: »Allerdings muss ich Ihnen gestehen, dass Sie mit dem Verzehr des Vanillekipferls zum gesteigerten Stromverbrauch des hiesigen Backofens beigetragen haben.« Sein Grinsen wurde breiter, als er hinzufügte: »Nur anteilig selbstverständlich, aber immerhin. Hoffentlich können Sie angesichts dieser Umweltsünde noch heute Nacht schlafen?«

Mama schluckte und fegte mit einer ungehaltenen Handbewegung einen Krümel von ihrem Mantel. McSniff schob schnaufend seine Nase über den Teppich, um den Krümel zu finden. Er sah aus wie ein lebender Staubsauger. Fast hätte ich lachen müssen, aber dann sah ich den Gesichtsausdruck meiner Mutter. Sie funkelte Michel an und stieß aufgebracht hervor: »Sie halten Umweltschutz für einen Witz. Das hätte ich mir bei jemandem, der das ganze Haus mit Lichterketten versieht, gleich denken können. Aber Umweltschutz ist kein Witz. Im Gegenteil, Energie einzusparen ist lebensnotwendig für uns alle, ob Sie es nun einsehen oder nicht. Auf Wiedersehen, Herr Morgen.« Mit diesen Worten drehte meine Mutter sich auf dem Absatz herum und ging zur Tür.

McSniff wäre ihr sofort gefolgt, aber Michel rief den Hund mit einem kurzen Pfiff zurück. Winselnd sah der zottige Hütehund zu, wie meine Mutter durch den verschneiten Vorgarten lief, der im Schein der Weihnachtsbeleuchtung wie verzaubert glitzerte. Ich stolperte wie betäubt meiner Mutter hinterher. Auch Sina lief ihr in ihren Pantoffeln mit der Keksdose in der Hand bis unter das Vordach nach. »Antje, willst du nicht doch noch einen Keks?«, rief sie hoffnungsvoll durch das Schneetreiben, als könnte ein Vanillekipferl noch diese völlig verfahrene Situation retten. Aber weit gefehlt!

Mama drehte sich kurz um. Ihr Mund war zusammengekniffen und sah aus wie ein schmaler Strich. Sie übersah Michel vollkommen und sagte zu meiner ABF: »Lieb von dir, Sina, danke, aber ich habe genug.«

Genug hatte ich auch. Wir hatten alles so perfekt hinbekommen, den Vanilleduft und dazu der Schneefall – konnte ein erstes Treffen romantischer sein? Selbst McSniff hatte meine Mutter auf Anhieb in sein Herz geschlossen. Warum mussten Erwachsene nur immer so kompliziert sein und mit einem unnützen Streit alles kaputt machen? Hatten wir jetzt überhaupt noch eine Chance, dass diese beiden Streithähne zueinanderfinden würden? Was mussten wir jetzt noch tun, damit uns unsere Eltern endlich ins Netz gingen und unser Weihnachtswunder in Erfüllung ging? Würde das überhaupt noch klappen, wo Mama engagierte Umweltschützerin war und Michel sich keinen Deut darum scherte? Das alles war mir ein einziges großes Rätsel.

Am nächsten Morgen war Nikolaus und ich wurde ich von lautem Gepolter wach. Mama war über meinen ungeputzten Stiefel gestolpert, der wie immer zu Nikolaus vor unserer Balkontür stand. Normalerweise war er blank geputzt, aber dazu hatte ich gestern nach dem missglückten ersten Treffen mit Mama und Michel nun wirklich keine Lust mehr gehabt. In meinem Bett hörte ich, wie meine Mutter ganz unnikolausig zwischen zusammengebissenen Zähnen fluchte, dann zog sie hastig ihren Mantel an, nahm ihre Handtasche und lief los. Na toll, sie hatte heute vor lauter Arbeit und Umweltschutz sogar vergessen, dass Nikolaus war. Bestimmt hatte sie heute früh eine wichtige Konferenz, dann ging sie immer eher zur Arbeit, um alles vorzubereiten.

Ich streckte den Kopf aus dem Bett und hörte Mamas Absätze eilig auf den Treppenstufen klappern, als sie die durchs Treppenhaus hinunterlief. Ich stand auf und fröstelte im Schlafanzug. Im Wohnzimmer stand nirgendwo ein Nikolaus, auch in der Küche nicht. Ich konnte es nicht so ganz fassen: Zum ersten Mal würde es für mich keine Nikolausüberraschung geben. Das fühlte sich nicht richtig an. Fast so verkehrt wie ein Geburtstag ganz ohne Glückwünsche. Aber vielleicht, so überlegte ich, fand Mama, ich sei mit zwölf Jahren schon zu alt dafür.

Auf alle Fälle war ich alt genug, um alleine zu Hause zu sein, dachte ich. Vor heute Nachmittag würde meine Mutter nicht in die Wohnung zurückkehren. Das brachte mich auf eine Idee, die mich sofort Mamas Schreibtisch ansteuern ließ.

Ich musste unbedingt nach neuen Strategien googeln, wie Sina und ich unsere Eltern verkuppeln konnten. *Die drei besten Tricks für die Liebe*, stand über einem Artikel. Gespannt las ich weiter.

1. Gönnen Sie sich einfach mal eine Auszeit vom stressigen Alltag und verreisen Sie gemeinsam. Schweben Sie auf Wolke sieben.

2. Erleben Sie etwas Aufregendes. Egal ob Sie Achterbahn fahren, Skifahren oder gemeinsam in der Geisterbahn gruseln – Studien belegen, dass Menschen, die gemeinsam spannende Situationen erleben, das positive Kribbeln auf den Partner übertragen.

3. Wenn Sie das Herz einer Frau erobern wollen, dann ist ein Candle-Light-Dinner mitunter die perfekte Gelegenheit. So zeigen Sie ihr, dass Sie die Strapazen des Kochens und der Vorbereitung auf sich nehmen, um ihr einen unvergesslichen Abend zu bescheren.

Das klang wirklich überzeugend. Es folgten noch weitere Tipps. Unbedingt musste ich diesen Artikel Sina zeigen. Ich drückte auf Drucken, und während der Drucker schnarrend die Seiten ausspuckte, tanzte ich durchs Wohnzimmer zum Drucker. Plötzlich erschrak ich zu Tode.

Ich hörte bekannte Schritte vor unserer Wohnungstür, die stehen blieben, schon wurde der Schlüssel im Schloss gedreht und meine Mutter kehrte – völlig anders als sonst – wieder in unsere Wohnung zurück! In ihrer Hand hielt sie einen Schokoladennikolaus und einen Zettel. Als sie mich mitten vorm Drucker stehen sah, versuchte sie schnell, beides hinter ihrem Rücken verschwinden zu lassen. Ich jedoch hätte zu gerne den Drucker verschwinden lassen, der ausgerechnet in diesem Moment laut summend das letzte Blatt meiner Internetrecherchen auswarf.

»Grete, du bist ja schon wach«, sagte meine Mutter nicht besonders originell. »Mama, was machst du denn hier?« Meine Antwort war kein bisschen geistreicher als ihre Frage.

Meine Mutter fühlte sich dabei ertappt, dass sie Nikolaus vergessen hatte, und nun »nachbessern« wollte. Ihre Wangen röteten sich leicht. Dann sagte sie genau wie früher gespielt streng: »Du weißt doch, Grete, vor Nikolaus und Heiligabend darf man nicht so neugierig sein. Hingucken gilt nicht!«

Ich drehte mich mit dem Rücken zu ihr, artiger, als

ich es als kleines Mädchen je gewesen war, während ich hörte, wie meine Mutter zu meinem umgekippten Stiefel für den Nikolaus eilte. Es raschelte und knisterte, dann rief sie, so überrascht sie nur konnte: »Schau mal, Grete, der Nikolaus war für dich da!«

Ich drehte mich langsam um: »Oh, Mama, sieh nur, er hat einen Schokonikolaus gebacht«, rief ich staunend und bückte mich zu dem Stiefel und zog einen handgeschriebenen Zettel hinaus. »Einen Gutschein hat er mir auch noch geschrieben. Da steht: Du darfst dir eine sportliche Aktivität aussuchen.« Am liebsten hätte ich das alte Spiel *Ich-bin-ja-so-was-von-überrascht* an diesem Morgen noch richtig lange weitergespielt. Denn es lenkte meine Mutter von dem ab, was sie nicht sehen sollte, den Computerbildschirm.

Doch leider stahl er dem guten Nikolaus und mir komplett die Show. Lautstark plärrte ein Werbetrailer für das neueste Weihnachtsalbum von Michael Bublé aus dem Lautsprecher.

»Was machst du denn da am Computer? Hast du noch Hausaufgaben zu erledigen?«, fragte meine Mutter misstrauisch.

Damit fing der Stress am Nikolausmorgen – oder besser gesagt – Mamas Befürchtungen erst so richtig an. Denn meine Mutter meinte sich mal wieder ganz ernsthaft Gedanken um mich machen zu müssen. »Komm, Grete, wir setzen uns mal in dein Zimmer ganz in Ruhe hin.« Da wusste ich, dass die Lage ernst war, denn »Ruhe« und »früh morgens« sind zwei Begriffe, die bei uns einfach nicht zusammengehören.

»Liebes«, sagte Mama ernst wie selten, während sie sich auf mein Bett setzte, »ich mache mir Sorgen. Hast du so viel mit dem Hundesitten zu tun, dass du keine Zeit für die Hausaufgaben hast? Du weißt doch, das solltest du am Tag vorher erledigen, damit du pünktlich zur Schule kommst.«

»Ach, Mama«, versuchte ich abzuwinken, »das passt schon. Mir ist nur etwas Ergänzendes für die Reli-Hausaufgabe eingefallen, was ich noch schnell nachschauen wollte.«

»Nein, das passt nicht! Grete, wenn das mal einreißt …«, klagte Mama, die einen kurzen Blick auf ihre Armbanduhr warf. Aber sie sprang nicht auf, um zur Arbeit zu laufen. Unsere Unterhaltung war ihr so wichtig, dass sie darüber sogar ihren Arbeitsbeginn verpasste. »Mama, musst du nicht los zur Arbeit?«, fragte ich, während mir die ganze Sache immer unangenehmer wurde.

Ich dachte verzweifelt nach, und mein Blick fiel auf Mamas Armbanduhr, deren Zeiger fünf nach acht anzeigten. Auf einmal wusste ich, was ich sagen konnte, ohne zu lügen.

»Mama«, stieß ich über alle Maßen erleichtert hervor, »wenn ich jetzt nicht zur Schule renne, dann komme ich zu spät! Und wir haben Mathe beim Theilmann in der ersten Stunde. Du weißt doch, wie streng der ist.«

»Oh Gott, natürlich.« Meine Mutter zuckte zusammen.

»Ich muss los, Mama«, rief ich, ließ hastig den Computer herunterfahren und brachte die Ausdrucke in meinen Rucksack in Sicherheit. Ich sprang in die Klamotten von gestern, putzte meine Zähne und fuhr hastig mit der Bürste über meine Haare. Dann schnappte ich mir meinen Seesack und im Flur meine Winterjacke und rannte los.

Beim zweiten Gongschlag kam ich in die Schule, wo ich mich keuchend neben Sina auf meinen Platz sacken ließ. »Was ist passiert?«, fragte meine ABF. »Erzähl ich dir später«, wisperte ich zurück.

»Wie ich diesen Mistkerl von Paul hasse«, flüsterte mir Sina zu. »Heute hat er mich ständig angerempelt, als ich vor der Schule auf dich gewartet habe. Was soll ich da denn machen?«

Unser Mathelehrer betrat die Klasse. Wie immer mussten wir aufstehen und ihn neben unserem Tisch stehend begrüßen. Dann durften wir uns setzen. Ich beugte mich zu Sina herüber: »Lass mich mal machen«, sagte ich leise. »Den Idioten knöpfe ich mir in der großen Pause vor und…« Weiter kam ich nicht, schon knallte das grüne Klassenbuch zwischen Sina und mich auf den Tisch.

»Ja, das Vorknöpfen in der großen Pause würde ich wirklich ausgesprochen befürworten«, verkündete unser Mathelehrer scheinheilig. »Es wäre angesichts deiner Noten wirklich nicht zu vertreten, dass du auch nur eine Minute von meinem Unterricht verpasst, nicht wahr, Grete?«

Meine Wangen brannten. Die Jungs lachten grölend, einige Mädchen kicherten schadenfroh. Ich drückte meine Fingernägel so fest in den Handballen, so, dass es schmerzte. Die Tränen brannten in meinen Augen, aber ich würde vor der Klasse keine Schwäche zeigen und losweinen. Auf gar keinen Fall! Es gab Wichtigeres: Nur weil ich zu spät gekommen war, hatte Paul Sina wieder geärgert. Wir waren wie Schwestern, dafür würde er bezahlen.

Und wenn die Glückskekse recht behielten, würden Sina und ich bald richtige Schwestern sein. Auf einmal wusste ich, was ich mehr als alles andere wollte: eine richtige Familie. Auch damit Mama nicht immer so schrecklich auf mich aufpasste. Damit unser Weihnachtswunder in Erfüllung gehen konnte, blieben uns noch 18 Tage. Ob das noch zu schaffen war? In der Pause musste ich Sina dringend von meiner Internetrecherche berichten. Wir mussten irgendwie unseren Eltern eine Auszeit vom stressigen Alltag verschaffen. Nur wie? Und die nächste Frage lautete: Was musste ich mit Paul machen, damit er Sina in Ruhe ließ? Dass er sie immer ärgerte, stank mir ganz gewaltig. Ich überlegte und lachte laut, denn plötzlich hatte ich eine Idee.

In meinem Seesack steckte etwas Ungewöhnliches, als ich am nächsten Morgen früher als sonst durch die verschneiten Straßen zur Schule ging. Es war noch stockfinster. Im Schein der Straßenlaternen warf ich Schatten. Sonst kam ich im Winter morgens immer schlecht aus dem Bett, aber heute war ich extra mit Mama um sechs Uhr aufgestanden. Alles, damit Paul seine Quittung bekam! Eine Rolle Paketklebeband und eine Packung Mozzarella steckten in meinen Seesack, jeder Schritt brachte mich meinem Ziel näher. Ich grinste.

Der Schulhof war noch menschenleer. Nun musste mir nur noch der Hausmeister glauben. Davon hing alles ab! Er saß nicht in der Hausmeisterloge, sondern kam eilenden Schrittes aus dem Sekretariat.

»Entschuldigung, Herr Meyer«, fing ich an, bevor er irgendwohin verschwinden konnte. »Ich habe gestern meinen einen Ohrring in unserer Klasse verloren. Dürfte ich bitte vor dem Unterricht danach suchen? Könnten Sie mir das Klassenzimmer der 6b aufschließen?«

Er schaute eilig auf seine Uhr und warf mir dann einen Blick zu, als ob er Nein sagen würde.

»Bitte«, sagte ich flehentlich. »Mein Vater hat ihn mir geschenkt…« Bei dem Gedanken an Dad in London vermisste ich ihn so, dass meine Stimme bebte. »Der Ohrring bedeutete mir so viel, weil ich meinen Vater nur so selten sehe, darum…« Ich musste nicht weitersprechen. Der Hausmeister griff nach seinem Schlüsselbund. »Also gut«, sagte er und marschierte mit mir zu meinem Klassenzimmer, »aber normalerweise gibt es so etwas nicht.«

Wenig später war ich da, wo ich sein wollte. Alleine in unserem Klassenzimmer. Ich kniete mich vor den Stuhl von Paul und rollte so viel Klebeband ab, wie ich brauchte, um die Mozzarellapackung darunter zu befestigen. Natürlich achtete ich darauf, dass man keine Klebebandspuren oben an der Sitzfläche sah. Es würde drei, vielleicht vier Tage dauern, bis der Mozzarella in der Packung gären und anfangen würde zu stinken. Zu Hause hatten wir mal aus Versehen eine Packung Mozzarella in den Küchenschrank geräumt. Daher wusste ich, dass es wie Pupse stank. Da niemand aus meiner Klasse von dem Mozzarella wusste, würden alle annehmen, dass es Paul sei, der so stank. Ich schob seinen Stuhl zurück unter den Tisch und warf einen letzten Blick darauf. Wirklich, man sah die angeklebte Mozzarellapackung kein bisschen!

Nur schade, dass ich noch ein paar Tage warten musste, bis wir ein Ergebnis riechen würden. Aber für die Zwischenzeit hatte ich mir noch etwas ausgedacht. Das musste nur bis zur ersten großen Pause warten. Ich löschte das Licht in dem Klassenzimmer, schloss die Tür und nahm meinen Seesack mit, um keinen Verdacht zu wecken. Dann lief ich hinunter auf den Schulhof, wo ich auf Sina wartete. »Wart's ab«, sagte ich zu ihr. »Paul wird sich wundern.«

Endlich, in der ersten großen Pause, war es so weit. Ich nahm eine 6er-Packung Schokoküsse aus dem Seesack heraus. Paul, der neben mir zur Tür ging, schaute hungrig darauf. Er liebte nämlich Süßes über alles.

»Möchtest du einen?«, fragte ich großzügig und klappte die Schachtel aus. »Echt?«, fragte Paul überrascht. Er griff zu und nahm sich einen Schokokuss.

»Echt nett, Grete, danke«, sagte er und aß den Schokokuss mit zwei Bissen. Dann schluckte Paul. Zuerst lief sein Gesicht rot an. Dann japste er: »Wasser«, und sprang zum Waschbecken in unserer Klasse. Er drehte den Wasserhahn auf und trank. Grinsend hielt ich ihm eine Halbliterpackung Milch hin. »Vergiss das Wasser. Das ist das Einzige, was hilft«, sagte ich. Paul wollte nach der Milchpackung greifen, aber ich zog sie zurück. »Die kriegst du nur, wenn du ab sofort Sina in Ruhe lässt«, erklärte ich ihm entschieden. Paul nickte mit hochrotem Kopf und streckte wieder die Hände nach der Milchpackung aus. Aber so leicht würde er mir nicht davonkommen. »Versprich es.« Er hob die rechte Hand und keuchte: »Ich schwöre«, dann trank er die Milch in einem Zug aus.

Alle schauten ihn an. »Tickt der nicht richtig?« »Was hat der denn?«, riefen die anderen durcheinander. Sina stupste mich an. »Was hast du getan?«, wisperte sie.

Ich warf die Schachtel mit den restlichen Schokoküssen in den Müllereimer und ging mit meiner ABF ins Treppenhaus. »Ganz einfach, ich habe gestern den Waffelboden von jedem Schokokuss vorsichtig abgelöst, reichlich Chilipulver auf die Schaummasse gegeben und dann die Waffel wieder draufgesetzt.«

Sina musste lachen. »Der arme Paul«, rief sie, »das muss ja schrecklich sein, in etwas Scharfes zu beißen, wenn man etwas Süßes erwartet.«

»Es sollte ihm eine Lehre sein«, sagte ich und fügte leise hinzu: »Das war die erste und die zweite folgt bald.«

Zuerst folgte einer dieser randvollen Schultage, an denen Sina und ich nicht mehr zu zweit waren. Wir hatten einfach keine Zeit, um eine Antwort auf die wichtigste aller Fragen zu finden: Wie stellten wir es an, dass unsere Eltern kapierten, dass sie füreinander bestimmt waren? Weihnachtsbeleuchtung kontra Umweltschutz hin oder her.

Als wir aus der Mensa kamen, zog ich die ausgedruckten Seiten über »Die drei besten Tricks für die Liebe« aus meinem Seesack und hielt sie ihr hin. »Na, was sagst du dazu?«, fragte ich gespannt. Ich fand die Tipps wirklich genial.

Sina aber war nicht besonders überzeugt. »Hm«, gab sie zu bedenken, »wir könnten kein Candle-Light-Dinner für unsere Eltern organisieren, höchstens Nudeln mit Fertigsoße aus dem Beutel kochen. Auf eine Reise können wir sie auch nicht schicken.«

Damit hatte sie wirklich recht. »Aber wie wäre es mit etwas Nervenkitzel?«, fragte ich. »Achterbahn oder Schussfahrt. Das gibt positives Kribbeln.«

Sina verschränkte die Arme. »Ich weiß nicht«, sagte sie langsam. »Etwas mit Gefühl fänd ich besser.«

»Gefühl«, sagte ich ungehalten, während wir zur siebten Stunde zu unserer Weihnachtschor-AG in die Aula gingen. »Wo kriegst du das denn?« Von Weitem hörten wir schon, dass unser Musiklehrer am Flügel Tonleitern spielte.

Plötzlich blieb Sina stehen. »Mensch, Grete, das ist es. Unsere Eltern sehen sich spätestens am letzten Schultag vor den Weihnachtsferien wieder, wenn wir mit dem Chor unseren Auftritt haben! Singen wir beide ganz himmlisch, werden sie bestimmt so ergriffen sein, dass sie noch einmal miteinander sprechen.« Sina kam bei dem Gedanken so in Fahrt, als hätte sie eine Flasche Cola allein getrunken. »Der Chorauftritt, das ist unsere Chance für große Gefühle«, erklärte sie wie eine dieser Fernseh-Psychologinnen. »Meine Oma hat im Sommer geweint, als sie einen Kirchenchor gehört hat, so sehr haben sie die

Lieder ergriffen.« Grete strahlte mich an, als ob wir nur ein paar Tränen brauchten, damit unsere Eltern zueinanderfanden.

Mich überzeugte das noch nicht besonders. »Na ja, ich weiß nicht«, meinte ich ausweichend. Wie sollte ich meiner ABF nur sagen, dass heulende Eltern nicht unbedingt verliebte Eltern bedeuteten? Zumindest in meiner Vorstellung nicht.

Aber Sina wollte noch mehr. »Bitte versprich mir, dass wir beide uns gleich als die Besetzung für die Sänger der Engel melden.«

Ich sah Sina entsetzt an.

Sie legte ihren Hand auf meinen Arm und rief beschwörend: »Grete, verstehst du? Als Engel fallen wir beide unseren Eltern viel mehr auf, als wenn wir mitten zwischen allen anderen Chorsängern in der Reihe stehen.«

»Muss das wirklich sein?«, sagte ich lahm. Als kleines Kind hatte ich Feuerwehrfrau, aber nie eine Prinzessin sein wollen. Ein Engel ging ziemlich genau in die Tüllkleid-Prinzessinnenrichtung, die ich immer schon schrecklich fand.

Sina war nicht zu bremsen. »Wir haben zu Hause noch wunderschöne weiße Vorhangreste, daraus können wir uns super Umhänge und Flügel machen.«

Ich muss wohl ziemlich entsetzt ausgesehen haben, denn meine ABF rief: »Du wirst darin echt nicht kitschig aussehen, glaub mir!«

Ich überlegte hin und her. Nur, weil mir nichts Besseres einfiel, wie wir sonst noch zu unserem Weihnachtswunder kommen sollten, meldete ich mich am Nikolaustag freiwillig mit Sina für das Duo als Engel. Unser Musiklehrer sah mich überrascht an, ich konnte es ihm nicht verübeln. Dann schrieb er meinen Namen und Sinas auf die Liste.

Nach dem Chor hatten wir endlich schulfrei. Sina holte McSniff in der Huta ab und dann gingen wir mit meinen Nachbarshunden gemeinsam auf unsere Hunderunde. Aber die hatte es in sich.

Mc Sniff schaute sich verwundert die drei Zwerge an, die ich ausführte. Die alte Dackeldame Daisy trug ein lodengrünes Mäntelchen. Merlin, der Mischling aus unserem Haus, schnupperte konzentriert an einer Wand, während Mim, der Foxterrier, wie immer genau in die andere Richtung zog. Mit drei Hunden an drei Leinen wurde es in der Stadt mit den vielen Weihnachtseinkäufern ziemlich anstrengend. Ein eiliger Fußgänger, der bereits einen Stapel Weihnachtspäckchen trug, sah die kleinen Hunde auf dem Boden nicht und stolperte über die Leinen. Dabei fielen ihm die obersten seiner Päckchen zu Boden. »Mistköter«, schimpfte er laut, »man sollte die gar nicht erst dahin lassen, wo Menschen unterwegs sind.« Das, obwohl wir so nett waren und ihm beim Aufheben geholfen hatten.

Ich atmete auf, als wir den Stadtpark erreichten, wo es eine eigene Hundespielwiese gab. Die drei Rüden tobten wie wild umher, aber die alte Daisy setzte sich damenhaft neben uns und schien kein Interesse mehr am Rumgerenne zu haben. Als es langsam dämmerte, pfiffen wir die Hunde heran. McSniff hing die Zunge weit aus dem Hals, die beiden kleinen hechelten wie wild und waren völlig außer Puste.

Darüber musste ich lachen. »Wenn McSniff einen Schritt macht, machen die Kleinen vier, kein Wunder, dass sie k.o. sind.« Mit den Hunden an den Leinen marschierten wir zurück und kamen an dem Weihnachtsbaumstand am Stadtpark vorbei. Der Stand war ringsum beleuchtet, es duftete nach Tannengrün und in einem großen Emailletopf dampfte Glühwein. Von einem Rekorder spielen Weihnachtslieder, und der Tannenbaumverkäufer trug eine rote Weihnachtsmannmütze und lief mit einer langen Messlatte umher, an die die Preise nach Baumhöhe geschrieben waren. Ich blickte über die langen Reihen der Weihnachtsbäume, die ordentlich nach Größen in Reihen standen, und stellte mir vor, wie schön bei Mama und mir im Wohnzimmer ein Tannenbaum aussehen würde, dessen Spitze bis an die Decke reichte. Plötzlich gab es einen Ruck. Der Weihnachtsbaum schwankte.

Daisy hatte sich mit ihrem grünen Mäntelchen in einem abstehenden Zweig verfangen und konnte sich keinen Schritt mehr bewegen. Die Arme! »Warte, Daisy, ich helfe dir«, rief ich und lief zu ihr, um die Dackeldame zu befreien. Aber ihr Umhang hatte sich so eng zugezogen, dass ich ihn mit einer Hand nicht von dem Zweig lösen konnte. Mit der anderen hielt ich die Leinen von Merlin und Mim.

»Kannst du mal die Leinen der Kleinen nehmen, sonst bekomme ich das nicht los«, rief ich Sina zu. Sie nahm mir sofort die Leinen ab, und mit ihrer Hilfe versuchten wir, die Öse am Mantel zu öffnen, um Daisy zu befreien.

McSniff steckte interessiert seine dicke schwarze Nase in die Zweige und schnaufte so laut, dass wir lachen mussten. Es sah so lustig aus, als ob er den duftendsten aller Tannenbäume für Weihnachten aussuchen wollte. Wir kümmerten uns zu zweit wieder um Daisy, bis plötzlich der Tannenbaumverkäufer laut rief: »Jetzt schlägt es aber 13!« Warum regte er sich nur so auf? Wir blickten uns um.

McSniff schnupperte nicht mehr an dem Tannenbaum, er beobachtete, wie Mim einen Weihnachtsbaum weiter sein Bein hob. Es plätscherte kurz, schon war Mim fertig.

Der Tannenbaumverkäufer lief mit seiner Messlatte zu uns herüber. »Was fällt euch eigentlich ein«, zeterte er, »euren Hund einfach an meine beste Ware pinkeln zu lassen?«

»Entschuldigung«, murmelte ich, »wir mussten gerade den Dackel befreien und haben nicht bemerkt, dass er musste. Also, das tut mir wirklich leid.«

In diesem Moment trat Einstein an den Tannenbaum, er nieste einmal kurz, dann hob er sein Bein und tat, was Rüden nun mal tun: das Gebiet markieren.

»Geht's noch?«, schrie der Mann und stampfte mit der Messlatte auf den Boden. »Wir sind hier ja nicht auf einem Hundeklo. Oder was denkt ihr, was das hier ist?«

Ich murmelte eine Entschuldigung und versuchte Einstein wegzuziehen, aber er stand auf drei Beinen wie festbetoniert. Erst, nachdem er fertig gepinkelt hatte, kam er vor Freude wedelnd auf mich zu. Er wirkte sehr zufrieden.

Ganz anders der Tannenbaumverkäufer. »So, diesen Baum, den deine beiden Hunde ruiniert haben, den kannst du jetzt kaufen. Nimm ihn gleich mit! Niemand anderes will nämlich einen Tannenbaum, der nach Hundepisse stinkt«, schrie er wutentbrannt.

Ich wusste gar nicht, was ich sagen sollte. Aber Sina trat dem Mann entgegen. »Das könnte Ihnen draußen in der Schonung auch passieren!«, sagte sie entschieden. »Denn da gehen auch Leute mit ihren Hunden spazieren. Außerdem«, Sina schnappte kurz nach Luft, »ist es rein biologisch. Wenn es ein paar Mal geregnet hat, ist Ihr Tannenbaum wieder wie neu.« So energisch hatte ich meine ABF noch nie gehört!

»Ach, wie neu?« Der Tannenbaumverkäufer lief vor Wut rot an. »Von wegen! Ich sage euch mal, was da eure Hunde hier machen, das ist verkaufsschädigend.« In dem Moment fing es an zu plätscherten. McSniff hatte einen Baum weiter auch sein Bein gehoben und anders als die kleinen Hunde fand er gar kein Ende.

Sina errötete, so peinlich war ihr das. Der Tannenbaumverkäufer zückte sein Handy und machte ein Beweisfoto von McSniff auf frischer Tat. Dann wandte er sich an uns: »Wenn ihr denkt, dass ihr hier machen könnt, was ihr wollt, irrt ihr. Ihr werdet jetzt mal sehen, wohin das führt. Ich rufe jetzt die Polizei an.« Er tippte in sein Handy. Die Verbindung wurde aufgebaut.

Sina und ich sahen uns an. Sollten wir weglaufen? Es zumindest versuchen? Aber Daisy war schon alt und würde nicht mitlaufen können. Wir hielten den Atem an. Da sagte eine bekannte Stimme hinter uns: »Grete, was ist denn los? Gibt es ein Problem?«

Ich drehte mich herum. Da stand Udo, der Waldschrat, mit einer Einkaufstüte aus Papier in der Hand. Zum ersten Mal in meinem Leben war ich froh, ihn zu sehen. »Udo«, rief ich, »dieser Mann will die Polizei rufen, weil die Hunde aus Versehen an seine Weihnachtsbäume gepinkelt haben. Aber wir waren beschäftigt mit Daisy, und bevor wir etwas tun konnten, war es schon passiert.«

Der Tannenbaumverkäufer beendete den Anruf. »Gut, dass Sie da sind«, rief er, weil er wohl annahm, Udo sei unser Vater. »Dieses Zottelvieh«, er zeigte wutentbrannt auf McSniff, »hat mindestens drei Liter an einen meiner Weihnachtsbäume vergossen«, schimpfte er lauthals, »und die beiden Kleinen waren auch nicht viel besser. Wer kommt jetzt für den Schaden auf?«

Udo wandte sich an den Tannenbaumverkäufer. »Wer

kommt denn für den Schaden auf, wenn Männer hier abends spät vom Weihnachtsmarkt entlangkommen und ein dringendes Bedürfnis haben?«, fragte er, und seine Augen blitzten. »Oder packen Sie jeden Ihrer Weihnachtsbäume nach Verkaufsschluss in eine Schutzfolie?«

»Das ist ja lächerlich.« Der Tannenbaumverkäufer schnappte nach Luft. »Woher wollen Sie das denn wissen, dass die Männer hierherkommen und … Na, Sie wissen schon.« Mit einem Blick auf Sina und mich sprach er es nicht weiter aus.

Udo sah ihm genau in die Augen und sagte ruhig und sehr entschieden: »Ich bin hier gestern Abend vorbeigekommen und habe es mit eigenen Augen gesehen.«

Der Tannenbaumverkäufer war sprachlos und sah aus wie ein Kugelfisch kurz vor dem Platzen. Sina und ich drehten uns schnell um. Wir schlugen uns die Hände vor den Mund, sonst hätten wir laut angefangen zu lachen.

»Das kann ja jeder behaupten«, zischte der Tannenbaumverkäufer aufgebracht. »Machen Sie bloß, dass Sie mit Ihren Töchtern und diesem verdammten Hundezirkus hier wegkommen.«

Udo zuckte die Schultern, er blinzelte uns zu und sagte: »Kinders, jetzt aber ab nach Hause.« Wir liefen gemeinsam bis zum Ende des Stadtparks. Dort trennten wir uns. Udo winkte uns zum Abschied zu.

Sina sah ihm verwundert hinterher, wie er mit seiner Papiertüte in der einbrechenden Dunkelheit verschwand:

»Der Waldschrat ist wirklich ganz in Ordnung«, meinte sie und fügte nachdenklich hinzu: »Das macht es alles nicht einfacher.«

Am nächsten Tag wollte ich Mama mit selbst gemachter Pizza überraschen. Das heißt: selbst ausgerollte und selbst belegte Pizza, denn der Teig und der Sugo waren schon fertig abgepackt in der Packung dabei. Nachmittags rollte ich gerade den klebrigen Teig aus, als das Telefon klingelte. Es war Mama.

»Hallo, Schatz«, rief sie gut gelaunt in den Hörer. »Ich gehe heute Abend noch eine Kleinigkeit essen.« Ich dachte, ich hätte mich verhört. Mama ging nie abends »eine Kleinigkeit essen«, denn abends aßen wir immer gemeinsam.

»Wieso das?«, fragte ich nicht besonders einfallsreich.

»Udo hat mich eben eingeladen.« Da war es, einfach so, ohne jede Vorwarnung. Ein Date mit Udo.

»Das kannst du nicht, das ist der Falsche«, hätte ich am liebsten in den Hörer geschrien, stattdessen stand ich da stumm wie ein Fisch in einer Schürze und mit dem Nudelholz in der Hand.

»Jetzt sei nicht so«, sagte Mama, und sie gab mir durch

den Hörer einen Luftkuss. »Es wird nicht sehr spät, ist versprochen.« Dann legten wir auf.

Ich sackte auf den Küchenstuhl. Meine Mutter hatte ein Date, leider nur mit dem falschen Mann. Wie merkte sie bloß, dass Michel ihr Traummann war? Vielleicht, so hoffte ich, hatte Udo ein paar furchtbare Angewohnheiten, die Mama gar nicht leiden konnte. Beim Essen schmatzen, zum Beispiel. Aber was, ich ließ das Nudelholz sinken, was, wenn er so nett war wie gestern Abend am Weihnachtsbaumstand? Da war er wirklich unser Retter in der Not gewesen.

Ich musste irgendwie dafür sorgen, dass aus Udo und meiner Mutter kein Paar wurde. Ohne genau zu wissen, wie ich das tun sollte, zog ich mir schon die Schürze aus, wusch mir die Teigreste von den Händen, dann zog ich meine Winterjacke und die Stiefel an und lief los. Natürlich hatte ich schon die eine oder andere Überwachungstour im Fernsehen gesehen. Aber es ist noch einmal ganz etwas anderes, wenn man selbst nicht gesehen werden will.

Draußen war es dunkel und eiskalt. Ich lief zu Mamas Firma und meine Schritte hallten viel zu laut auf dem Bürgersteig wider. Als ich in die Straße von Mamas Firma kam, schlich ich auf Zehenspitzen und versteckte mich auf der anderen Straßenseite hinter einem Müllcontainer. Nach einer Weile kam Mama aus dem Firmeneingang heraus. Im Schein der Straßenlaternen konnte ich sehen, dass sie sich zum Glück nicht hübsch gemacht hatte. Sie hatte ihre Haare zu einem praktischen Pferdeschwanz gebunden, genau wie heute Morgen. Sie trug auch die Jeans von heute früh und mit großer Sicherheit dieselbe Bluse und Jacke wie heute früh. Sie ging vor der Firma auf und ab und stampfte mit den Füßen auf, Eiswölkchen kamen aus ihrem Mund. Die Kälte drang durch meine Jeans und ließ mich hinter dem Müllcontainer bibbern.

Ob Udo Mama wohl versetzen würde? Hatte er es sich anders überlegt? Leider nicht, denn da hielt ein Auto neben Mama, die Beifahrertür wurde aufgestoßen und eine bekannte Stimme rief: »Hallo, Antje, hier bin ich.«

Verdammt, wieso fuhr ein Umweltschützer mit dem Auto? Damit hatte ich nicht gerechnet. Ich hatte mir vorgestellt, dass die beiden zu Fuß gehen und ich sie unauffällig verfolgen könnte. Schon stieg Mama zu Udo ins Auto und sie fuhren los. Viel zu schnell, um ihnen folgen zu können.

Mir fiel überhaupt nichts ein, was ich jetzt tun könnte. Meine Finger waren eiskalt und schmerzten. Ich steckte meine Hand in die Jackentasche und spürte mein Handy darin.

Das war die Lösung! Es gab nur einen einzigen Menschen, den ich jetzt um Rat fragen konnte. Ich drückte die Kurzwahlnummer von Sina. Zum Glück kam sie an den Apparat und nicht ihr Vater.

»Sina«, stöhnte ich, »meine Mutter hat jetzt gerade ein Date mit Udo. Ich habe sie verfolgt, aber sie sind mit dem Auto weggefahren. Was sollen wir jetzt nur tun? Wir können uns doch von dem Waldschrat nicht alles verderben lassen!«

»Oh je«, sagte Sina, und dann fragte sie besorgt: »Grete, hast du nicht Angst? So ganz alleine im Dunkeln unterwegs.«

Ich zuckte die Schultern und stampfte mit den Füßen auf den Boden. So langsam hatte ich in meinen Zehen kein Gefühl mehr.

»Also, ich hoffe ja nur, dir geht es nicht wie mir. Denn ich würde mich zu Tode fürchten«, gestand Sina »und McSniff geht es genau so. Er hat auch immer im Dunkeln Angst.« Einen Moment lang sagte sie nichts, dann rief sie in den Hörer: »Das ist die Lösung, Grete. Du musst einfach deine Mutter anrufen und sagen, dass du dich so ganz allein zu Hause einfach schrecklich fürchtest. So sehr, dass deine Mutter zu dir nach Hause kommen muss.«

»Meinst du, das glaubt sie mir?«, fragte ich zögerlich, denn ich hatte noch nie besonders viel Angst vor etwas gehabt.

»Sag es mal zu mir, dann höre ich sofort, ob es echt genug klingt«, meinte Sina. Meine ersten Versuche überzeugten sie nicht besonders. »Tut mir leid, aber so reicht das nicht, Grete«, sagte sie ehrlich. »Los, denk an das

Schlimmste, was du dir vorstellen kannst – und dann sagst du mir noch einmal, dass du alleine zu Hause ganz schreckliche Angst hast.«

Sofort sah ich mich mit Mama und dem Waldschrat beim Weihnachtsmahl sitzen und bei dem Gedanken klang meine Stimme auf einmal wirklich ängstlich. »Sehr gut«, lobte Sina, »ruf genau so deine Mutter an.«

Aber zuerst lief ich nach Hause zurück. Ich wusste ja nicht, wo Mama und Udo hingefahren waren. Auf keinen Fall sollte sie eher zu Hause sein als ich. Als ich die Wohnungstür öffnete, lag unsere Wohnung dunkel und verlassen da. Ich schaltete das Licht an und sah mich in der gegenüberliegenden Fensterfront, wie ich die Jacke und Stiefel auszog und dann zum Telefon ging. Ich drückte die einprogrammierte Nummer von Mamas Handy. Sie war sofort dran.

»Was ist los, Grete? Ist alles in Ordnung?«, fragte sie, und die Verwunderung schwang in ihrer Stimme mit. Denn ich rief sonst nie auf ihrem Handy an, wenn Mama einen Termin hatte. Ich wiederholte den geübten Spruch und dachte dabei an den Waldschrat, der Mama verliebt über den Teller ansah. Ganz von selbst zitterte meine Stimme, als ich wieder sagte: »Ich habe so schrecklich Angst hier ganz alleine, Mama. Alles sieht so unheimlich aus.«

Meine Mutter sagte nur eines: »Ich bin sofort bei dir, Schatz.«

Fünf Minuten später war sie da. Sie übersah das Pizzachaos in der Küche und nahm mich einfach nur in den Arm. Obwohl ich es nicht wollte, fing ich an zu heulen wie ein Schlosshund. Mama wiegte mich in ihren Armen und sagte nur: »Ich bin doch da, mein Schatz. Ich bin doch da.« Immer wieder sagte sie das, bis ich nicht mehr schluchzte.

»Jetzt machen wir uns eine schöne Pizza«, sagte Mama und rollte den Pizzateig aus. »In letzter Zeit hatte ich so viel Arbeit, ich war viel zu lange von zu Hause weg«, sagte sie zu mir. »Demnächst werde ich mir öfter nachmittags Arbeit mit nach Hause nehmen, dann bist du nicht so viel allein.«

»Ach, das musst du nicht, Mama«, murmelte ich betreten, während ich die Salamischeiben und den Käse aus dem Kühlschrank holte.

»Nein, nein, das kriege ich schon hin«, versicherte mir meine Mutter, die Teig aufs Backblech legte. »Weißt du was, morgen Abend nehmen wir uns endlich mal wieder etwas Schönes vor, nur wir zwei. Worauf hättest du denn Lust?«

Ich überlegte, dann sagte ich: »Mama, lass uns doch mal zusammen über den Weihnachtsmarkt gehen, das haben wir noch nie gemacht und da gibt es so schöne Stände.«

Meine Mutter besucht eigentlich keine Weihnachtsmärkte und musste schlucken, aber dann versprach sie:

»Abgemacht, morgen gleich nach meiner Arbeit treffen wir beide uns auf dem Weihnachtsmarkt. Gut so?«

»Meeegagut, Mama«, sagte ich und ließ den geriebenen Käse wie Schnee auf die Pizza rieseln. Denn man wusste ja nie, wen man auf dem Weihnachtsmarkt so alles traf! Ich musste lächeln. Und man konnte dem Schicksal dabei ja ein bisschen nachhelfen.

»Ich komme jetzt auf den Weihnachtsmarkt«, meldete ich um kurz vor fünf Uhr in mein Handy, während ich durch das Schneetreiben zu den dunkelroten Buden lief. »Meine Mutter sollte auch gleich hier sein.«

»Alles klar, ich stehe am Karussell«, erwiderte die Stimme meiner ABF. Im Hintergrund erklang durch den Hörer sogar die Musik des Karussells. »Mein Vater ist unterwegs«, berichtete Sina. »Ich sage dir, ich musste ihn ganz schön weichklopfen, damit er gleich von der Firma hierherkommt. Aber ich habe gesagt, es sei ein echter Herzenzwunsch.«

»Stimmt, das ist ja keine Lüge«, gab ich zurück. »Wir treffen uns dann mit unseren Eltern ganz zufällig am Waffelstand«, fasste ich unseren Plan zusammen. »Wer zuerst da ist, bestellt sich eine Waffel.«

»Richtig«, kam Sinas Stimme aus dem Handy, »dann können sich unsere Eltern gleich darauf Waffelherzen teilen. Ach«, sie seufzte zufrieden, »wird das romantisch, oder was?«

»Superromantisch«, stimmte ich ihr zu. »Hoffentlich ist in dem Waffelteig auch Vanillezucker drin!« Das war, wie ich dank Henrys Opa wusste, einer der einfachsten und wirkungsvollsten Liebeszauber überhaupt. Vor allem viel günstiger zu bekommen als Hummer oder Austern, die zwar auch Leidenschaft auslösen sollten, wie ich bei Google gefunden hatte, aber furchtbar teuer waren.

Die Kirchturmuhr schlug fünfmal. Es war dunkel. Ich blickte mich um, aber von Mama war noch nichts zu sehen. War sie ausgerechnet jetzt im Büro aufgehalten worden, wo wir ein Treffen mit Sinas Vater planten? »Am besten, wir drücken ab jetzt fest die Daumen«, schlug ich Sina vor, denn das konnte ja nie schaden.

»Sind gedrückt«, meldete meine ABF, und hastig fügte sie hinzu: »Bis gleich. Da kommt mein Vater, Plan läuft an.«

Ich stand unter dem Vordach von einem Schmuckstand und sah mir die vielen verschiedenen Anhänger an. Da gab es einen silbernen Herzanhänger, in den eingraviert war: »Du hast mein Herz.« Ob Mama so etwas je tragen würde? Dad und sie hatten sich so früh voneinander getrennt, dass ich mich kaum noch daran erinnern konnte, wie es war, mit meiner komplette Familie zu leben. Danach hatte Mama keinem Mann mehr in ihr Herz gelassen, sie hatte einige Dates gehabt, mehr nicht. Vielleicht hatte sie auch von Männern ein für alle Mal die Nase voll? Oder suchte sie sich Udo aus, weil er den

Umweltschutz genauso wichtig fand wie sie selbst? Mein Herz wurde schwer, wenn ich daran dachte. Denn ich wünschte mir etwas ganz anderes: eine richtige Familie mit Sina als Schwester und McSniff als Hund.

Wieder fiel mir ein, was Henrys Opa über das Netz gesagt hatte. Das Netz hatten wir ausgelegt. Wenn alles klappte, dann hatte Mama gleich ein Date am Waffelstand. Wo blieb sie denn nur? Ich blickte mich um, um nach Mama Ausschau zu halten.

Inzwischen war es ganz dunkel. Die vielen kleinen Lichter in und an den Buden des Weihnachtsmarktes leuchteten einladend. Mama und ich hatten abgemacht, dass wir uns bei den Buden gleich neben der Kirche treffen würden. Aber ich würde ihr ein bisschen entgegengehen.

Ich zog meine Kapuze auf und lief in das Schneetreiben. Auf dem Kirchplatz legte ich den Kopf in den Nacken und blickte in den nachtblauen Himmel hinauf. Über mir tanzten Millionen von Schneeflocken wie in einem gigantischen Ballett. Dann hörte ich meinen Namen.

Mama winkte mir von der anderen Seite des Kirchplatzes zu. Sie lief mit gesenktem Kopf durch das Schneetreiben. Unter dem Arm hielt sie ihre neue dunkelrote Handtasche, um die ich sie echt beneidete. »Hi, mein Schatz«, sagte sie außer Atem und umarmte mich. »Ist dir kalt? Es tut mir leid, falls du warten musstest. Gerade als ich gehen wollte, hatte ich noch einen wichtigen Anruf.« Mama strich mir über die Wange und gab mir einen kleinen Kuss, obwohl sie das in der Öffentlichkeit eigentlich nicht mehr tun soll. »Oh Verzeihung«, sagte Mama mit einem kleinen Lächeln, »ich habe ganz vergessen, dass…«

In diesem Moment rempelte uns ein Mann in einer dunkelgrünen Jacke an, und ehe ich wusste, was geschehen war, schrie Mama schon: »Haltet den Dieb! Er hat meine Handtasche gestohlen.«

Der Mann rannte los, Mama folgte ihm schreiend. Er drängte sich blitzschnell durch die Menschenmassen und hatte schnell Vorsprung. Auch ich lief ihm nach, während Mama immer wieder schrie: »Halten Sie den Dieb, halten Sie den Dieb«. Aber die Weihnachtsmarktbesucher, die ihm entgegenkamen, wichen vor ihm aus. Niemand hielt den Mann fest, so lief er ein ganzes Stück vor uns. Plötzlich knickte Mama beim Laufen um und blieb stehen. »Lauf ihm nach, Grete«, stöhnte sie mit schmerzverzerrtem Gesicht, während sie sich ihren Knöchel hielt.

Ich lief so schnell ich konnte. Dieser Mistkerl hatte Mamas Handtasche, ihre Geldbörse, ihren Ausweis und unsere Haustürschlüssel, einfach alles. Ich sah weit vor mir, wie der Dieb mit einem Satz über einen niedrigen Tisch vor einem Stand sprang und dann gegen einen Mann in einem dunklen Mantel prallte. Der Dieb verlor das Gleichgewicht und fiel hin, Mamas Handtasche flog im hohen Bogen auf den Mann im Mantel zu.

Er fing sie auf, während der Dieb sich vom Boden aufrappelte und vom Weihnachtsmarkt wegrannte. Zu schnell, um ihm nachzurennen. Außer Atem stand ich da und stützte meine Hand in die Seite. Ich sah, wie der Mann im Mantel verwundert dastand und auf die dunkelrote Damenhandtasche in seiner Hand blickte. Neben ihn trat ein Mädchen mit roten Haaren, das eine Waffel in den Händen hielt. Dann erst erkannte ich die beiden. Es waren Sina und ihr Vater!

Als Michel hörte, wem die Handtasche gehörte, kam er sofort mit. Mama sah ihn ungläubig an. »Nein«, rief sie, »wie haben Sie das nur geschafft, meine Handtasche wiederzubekommen?« Ihre Hand zitterte, als sie ihre Tasche entgegennahm.

»Sie sollten sich jetzt erst mal hinsetzen«, sagte Michel und schob Mama einen Stuhl hin. Während sie sich setzte, murmelte sie immer wieder: »Es ging alles so schnell. Er hat uns angerempelt, gerade als ich Grete begrüßt habe.« Michel nickte und Mama redete ohne Punkt und Komma weiter. »Oh Gott, ich hatte gerade zuvor auch noch Geld bei der Bank für uns abgehoben. Das hätte ich nie wiedergekriegt. Ich bin Ihnen ja so dankbar, dass Sie ihn gestellt haben.«

Michel schüttelte den Kopf. »Ich habe gar nichts getan, er ist nur gegen mich gestolpert. Aber Sie brauchen jetzt etwas Warmes zu trinken, warten Sie, ich hole Ihnen etwas«, sagte Michel und kam dann mit einem Becher heißem Apfelpunsch für Mama zurück. »Trinken Sie das, das wird Ihnen guttun«, sagte er und reichte ihr den Becher. »Aber Vorsicht, der ist wirklich heiß.«

Er sah so besorgt aus, dass es richtig süß war. Mama saß blass auf dem Stuhl und pustete in den Punsch. Sie trank in kleinen Schlucken und bekam so langsam wieder Farbe ins Gesicht. »Ich kann jetzt wieder aufstehen«, sagte sie und wollte sich erheben.

Aber Michel bestand darauf, dass sie noch einen Moment lang sitzen blieb, und ließ nicht locker, bis Mama ihren Apfelpunsch ausgetrunken hatte.

Als Mama den Becher zurückgab, zitterten ihre Hände immer noch – und das hatte ich bei ihr noch nie gesehen.

»Sie hat wirklich einen leichten Schock«, sagte Michel leise zu uns. Er legte eine Decke über Mamas Beine, die ihm die Verkäuferin gereicht hatte.

»Danke, aber das muss wirklich nicht sein«, protestierte Mama schwach.

»Doch«, sagte Michel mit einem kleinen Grinsen. »Ich hoffe nur, Sie wollen jetzt nicht sofort ein paar Bäume rausreißen.«

»Nein«, gab meine Mutter lächelnd zurück, »aus Umweltschutzgründen würde ich das sowieso nicht tun.«

»Löblich«, Michels Grinsen wurde breiter, »dann sind wir ja ganz einer Meinung. Zumindest in dem Punkt.«

Mama lachte auf. Sie sahen sich einen Moment an.

Sina stupste mich an. »Das wird was« verkündete ihr Blick.

Aber ausgerechnet in dem Moment sah Michel auf seine Armbanduhr. »Gleich sechs Uhr«, rief er entsetzt. »Sina, gleich schließt die Huta, der arme McSniff. Wir müssen sofort los«, sagte Michel bedauernd. Und obwohl er keine Zeit zu verlieren hatte, stellte er noch zig Fragen an Mama: »Sind Sie sicher, dass Ihnen nichts fehlt?« Mama nickte. »Sind Sie sich sicher, dass Sie es alleine nach Hause schaffen?« Mama nickte wieder. »Wenn Sie wollen, kann ich Sie später noch zur Polizei fahren?« Mama schüttelte den Kopf. »Ich könnte gar keine Täterbeschreibung abgeben, es ging alles so schnell.«

Michel nickte und fuhr sich durch die Haare. Die Kirchturmuhr schlug sechsmal. »Versprechen Sie mir eines?«, rief er gegen die Glockenschläge.

Mama zögerte. Verdammt, warum konnte sie nicht einfach mal nicken? Michel sah sie besorgt an, aber er musste los. »Rufen Sie an, wenn Sie etwas brauchen!«, rief er, während er sich umdrehte und losrannte. Sina rannte neben ihm durch das Schneetreiben.

Michel hatte riskiert, dass sie McSniff erst nach der Schließungszeit in der Huta abholen würden. Extra wegen Mama! Sonst war Sinas Vater immer superpünktlich. Wenn er uns irgendwo abholte, dann mussten wir immer auf die Minute pünktlich sein. Dass er sich jetzt verspäten würde, lag das daran, dass er Mama mehr als nett fand? Oder lag es nur daran, dass Mama bestohlen worden war? Das hätte ich an diesem Abend zu gerne gewusst.

Noch etwas wussten wir am nächsten Schultag nicht: Von wem stammte der Zettel, der nach der großen Pause an Sinas Schultasche hing? Er war völlig peinlich: *Sei mein Weihnachtsengel, das wünscht sich dein Bengel*, stand in einer unordentlichen Handschrift darauf. Das konnte nur ein Junge gewesen sein. Aber welcher? Jemand aus dem Chor, der wusste, dass Sina und ich als Weihnachtsengel auftreten würden? Oder vielleicht jemand aus der Parallelklasse? Auf alle Fälle jemand, der unerkannt bleiben wollte. So ein Feigling! Dann konnte man genauso gut keinen Zettel schreiben, fand ich.

Sina ging damit zum Papierkorb neben der Tafel und riss den Zettel in kleine Fetzen. Ich konnte sie verstehen, so einen Zettel wollte ich auch nicht zwischen meinen Schulsachen liegen haben. Sonst würde ihn noch unser Mathelehrer einsammeln und ihn laut vorlesen.

Als Sina zu unserem Platz zurückkam, sagte ich leise zu ihr: »Wenn wir Mädchen von der Venus sind, dann sind Jungs vom Planeten Null-check.«

Sina grinste und dann sah sie mich plötzlich an. »Grete, wir müssen unbedingt noch unsere Weihnachtswunschzettel schreiben oder hast du das schon gemacht?«, rief sie, als sei das super interessant. Gespannt schaute sie mich an.

Ich schüttelte den Kopf. »Ne, habe ich noch nicht und einen Wunschzettel für Christkind zu schreiben, also, das ist inzwischen doch ziemlich öde.«

Sina lächelte wissend. »Warte es ab! Ich habe nachgedacht. Mit unserem Weihnachtswunschzettel werden wir unsere Eltern ins Netz befördern«, erklärte sie, während sie eine neue Patrone in ihren Füller schraubte. Dann begann der Matheunterricht, und weil mich Herr Theilmann auf dem Kieker hat, musste ich bis nach der Schule warten, bis ich in Sinas Zimmer ihren Plan hörte.

»Natürlich können wir nicht so platt in den Wunschzettel schreiben, dass wir uns eine gemeinsame Familie wünschen«, sagte meine ABF und schaltete ihre Schreibtischlampe an. »Wir wollen ja unsere Eltern nicht unter Druck setzen. Denn das wäre beim Verlieben ganz verkehrt. Aber wir werden sie damit auf die richtige Spur bringen.«

»Aha.« Ich nickte, obwohl ich gar nichts verstand. Aber ich wollte vor meiner ABF nicht wirken wie ein dummes Kind und zog meinen Stuhl an ihren Schreibtisch heran.

»Ich habe mir das so gedacht«, sagte Sina, und ihre

Augen strahlten. »Wie ist das? Wir beide wünschen uns, die Weihnachtstage mit unseren Eltern in ein und derselben verschneiten Berghütte in den Alpen zu verbringen. Verstehst du? Eine Auszeit vom stressigen Alltag, so wie es in deinem Artikel stand.« Sie nahm ein Blatt hervor und legte es vor mich auf den Tisch. »Damit das auch klappt, kleben wir gleich Fotos von der Hütte dazu und schreiben vor allem den Buchungslink auf.«

»Das ist ja genial«, rief ich begeistert.

Sina nickte. »Wir überlassen nichts dem Zufall.« Schon klappte sie ihren Laptop auf und tippte *Berghütte + mieten* ein. Es dauerte ein paar Sekunden und wir hatten verschiedene Portale mit Berghütten. Nun gaben wir unter »Suche« die Weihnachtstage an und klickten. Schon hatten wir einige Berghütten zur Auswahl, die noch freie Plätze über Weihnachten hatten.

Wir sahen uns alle an und entschieden uns für eine kleine mit süßer, rotweiß karierter Bettwäsche, die nicht zu teuer war und die man nur mit der Seilbahn erreichte. Vor allem gab es dort keinen Strom. Es wurde mit dem Kaminfeuer geheizt und die Dusche funktionierte mit einer Solaranalage, das würde Mama bestimmt toll finden.

»Es wird total romantisch sein, so tief eingeschneit in den Bergen Weihnachten zu feiern«, sagte ich. Sina nickte und von dieser Berghütte druckte sie uns zweimal Bilder aus. Die schnitten wir aus und jede von uns klebte sie auf ihren Wunschzettel.

Jetzt fehlte nur noch der Text. Ich kaute an meinem Stift. »Was genau schreiben wir denn?«, fragte ich meine ABF. Denn das sollte am besten ja auch derselbe Text sein.

»Ich wünsche mir zu Weihnachten«, diktierte Sina, aber dann rief sie hastig: »Nein, stopp! Wir schreiben nicht Weihnachten, wir schreiben: Zum Fest der Liebe wünsche ich mir von Herzen nur eines, dass wir die Weihnachtstage in einer verschneiten Berghütte ganz romantisch verbringen werden.«

Ich schrieb das nicht mit. Irgendwie hatte ich das Gefühl, dass das nicht so ganz das Richtige war. »Meinst du nicht, dass das ein bisschen zu viel mit Liebe und so ist?«, fragte ich. Nicht dass Mama noch denkt, dass ich einen Komplex habe, und mich zu einer Psychologin schleppt.

»Nein, genau so muss es sein«, widersprach meine ABF. »Glaub mir, es kann gar nicht genug Liebe geben, damit unser Weihnachtswunder klappt.« Sina ließ wirklich keine Zweifel an der Formulierung zu, und deshalb habe ich es dann mit Füller genau so aufgeschrieben, wie sie es gesagt hatte. Zum Schluss klebten wir noch kleine Wattebäusche als Schneeflocken auf unsere Wunschzettel und einen dicken runden Schneemann aus Watte neben die Hütte. Unsere Wunschzettel sahen wirklich schöner als je zuvor aus.

»Stell sie dir vor, unsere Eltern, im Tiefschnee am Kaminfeuer – das wird zum Dahinschmelzen«, rief Sina voller Begeisterung und pustete einen Wattebausch über den Schreibtisch. Ja, das stellte ich mir auch sehr romantisch vor. Jetzt konnte nicht mehr viel schiefgehen, so dachten wir.

Die Ernüchterung folgte schnell. Mama las am selben Abend meinen Wunschzettel und fand die Idee mit der Berghütte ohne Strom wunderschön. »Aber sie liegt leider mitten in einem Skigebiet«, sagte sie und legte den Wunschzettel auf den Sofatisch. »Du weißt doch, Grete, dass durch die Skipisten ganz viel Natur zerstört wird – und das für Jahrhunderte. So etwas unterstützen wir nicht.« Sie stand auf.

Ich habe gebittelt und gebettelt, aber Mama ließ sich nicht umstimmen. Was sollte ich jetzt nur tun, um sie in die Berge zu locken? Sinas Vater würde ihr den Weihnachtswunsch bestimmt erfüllen, und wenn Michel in der Skihütte war, musste Mama da auch hin.

Doch dann klingelte das Telefon. Es war Udo, er verabredete sich erneut mit Mama. Dieses Mal zu einem Einkaufsbummel. Mir wurde ganz schlecht, wenn ich nur daran dachte, dass dieser Waldschrat Mama erneut zum Lachen bringen würde. Bestimmt würde er sie so bewachen, dass niemand ihre Handtasche stehlen konnte. Ich bekam richtig schlechte Laune, wenn ich nur daran dachte. Ich schmiss mich auf mein Bett und drehte meine Anlage an. Auf keinen Fall wollte ich hören, was Udo

Mama sonst noch zu sagen hatte. Adeles Stimme umgab mich, zwischendrin hörte ich, dass wieder das Telefon klingelte. Aber das war mir egal.

Die Tür zu meinem Zimmer öffnete sich. Mama kam mit dem schnurlosen Telefon in mein Zimmer. Sie flüsterte, während sie die Hand auf den Hörer hielt: »Ich glaube, Sina geht's nicht so gut.« Ich stellte meine Anlage leiser und hielt mir den Hörer ans Ohr. »Sina, was ist los?«, rief ich.

»Grete«, schluchzte Sina in den Hörer, »kannst du kurz mal vorbeikommen? Ich bin völlig fertig.« Wenn meine ABF das sagte, dann musste etwas Schlimmes passiert sein. Ich zog mir meine warmen Stiefel an, wickelte mir einen Schal um und Mama hielt mir noch meine Mütze hin, dann lief ich durch das Schneetreiben zu meiner ABF.

Sina erwartete mich mit rot verweinten Augen an der Haustür.

»Alles wäre zu Weihnachten so perfekt gewesen«, schluchzte sie, und sie brauchte eine Weile, bis sie so deutlich sprechen konnte, dass ich sie verstand. »Aber Paps sagt, er kann Opa und Oma unmöglich vor den Kopf stoßen und unser traditionelles Gänsebratenessen am ersten Weihnachtstag absagen. Nur weil das seit Jahrzehnten in unserer Familie so Brauch ist, ist das nicht gemein?« Sie sah mich aus rot verweinten Augen an. Ich nickte, natürlich war ich immer auf der Seite meiner ABF, keine Frage.

»Aber das ist nicht alles.« Sie fing wieder an zu weinen. Ich legte meinen Arm und sie und murmelte beruhigende Worte. »Was ist denn noch?«, flüsterte ich. »Er sagt, nach Weihnachten hat er eine ganz besondere Überraschung für mich, was, das kann er natürlich noch nicht verraten. Ich will aber keine ganz besondere Überraschung«, schniefte Sina und wischte sich die Tränen weg, »sondern ich will mit Paps und euch in die Berghütte fahren.«

Bevor ich ihr sagen konnte, dass es bei uns auch nicht klappen würde, öffnete sich die Haustür. Michel kam mit McSniff von seinem Abendspaziergang zurück. »Es ist ja nicht zum Aushalten, wie ihr hier Trübsal blast«, sagte Sinas Vater entnervt und ließ McSniff von der Leine. Der Hund lief sofort zu Sina und stupste sie mit seiner Nase an, um sie aufzumuntern. Aber Sina war untröstlich.

»Ein Mal wünsche ich mir etwas so sehr«, sagte sie mit dünner Stimme, »aber nein ...«

»Ich habe aber schon eine andere Überraschung«, rief Michel dazwischen, während er seinen Mantel aufhängte. »Wenn du das Heiligabend erfährst, dann springst du vor Freude in die Luft.«

»Es wäre so schön gewesen in der Berghütte«, stieß Sina gequält hervor.

»Na gut«, rief ihr Vater, »du bist ja schließlich kein kleines Kind mehr, darum sage ich es dir jetzt schon, welche Überraschung es für dich zu Weihnachten gibt.« Er fasste Sina bei den Schultern. »Rate mal, wohin es geht:

Du willst dort schon ganz lange hin und die berühmtesten Modeschöpfer haben dort ihre Läden. Na?«

Ungnädig zuckte Sina nur die Schultern. Ihr Vater sprach trotzdem weiter: »Nach den Feiertagen und nach dem Gänseessen mit Oma und Opa fahren wir beide nach Paris. In die Stadt der Liebe, wovon du immer so schwärmst. Na, was sagst du jetzt?«

Sina sah ihren Vater an, als hätte er ihr eine Reise in ein Kriegsgebiet versprochen. »Paps, Paris ist total unromantisch, weißt du das nicht? Außerdem will ich nicht ohne McSniff in Urlaub fahren.« Mit diesen Worten rannte sie in ihr Zimmer und warf sich schluchzend aufs Bett. McSniff lief ihr winselnd nach.

»Sina«, sagte ich wenig später, während ich neben meiner ABF in ihrem Himmelbett saß, »wir haben es auch ohne Berghütte romantisch verschneit. Hast du mal aus dem Fenster gesehen?«

Sina hatte den Kopf in ihren Armen vergraben und schüttelte ihn.

»Sieh dir das an, es liegen bestimmt zehn Zentimeter Schnee.«

»Na und?«, fragte sie unwirsch.

»Es ist zwar kein Tiefschnee«, sagte ich geheimnisvoll, »aber für ein romantisches Treffen reicht es garantiert.«

Sina hob den Kopf und sagte nur eines: »Los, erzähl!«

»Die Fenster auf«, befahl Frau Peters, unsere Klassenlehrerin, trotz der winterlichen Temperaturen, als sie am nächsten Morgen in unser Klassenzimmer kam. Denn der intensive Pups-Geruch des gärenden Mozzarella lag in der Luft oder besser gesagt unter Pauls Stuhl.

Frau Peters schnupperte und rief angeekelt: »Wonach stinkt das hier um Himmels willen denn so? Hat jemand sein Butterbrot vergessen?« Dabei sah sie Paul an.

Der schüttelte den Kopf und er rutschte verlegen auf seinem Stuhl hin und her. Florian, der direkt neben Paul saß, hatte sich den Kragen seines Pullis vor die Nase gezogen, um den Gestank abzuhalten. »Alter«, flüsterte er Paul zu, »hast du Bohnen gegessen, oder was?«

»Klappe«, murmelte Paul, während sich seine Wangen rot färbten.

Meine Stinkattacke funktionierte bestens.

Trotzdem begann der Unterricht, und kurz bevor es zur großen Pause schellte, rief Frau Peters: »Denkt daran, nächste Woche wichteln wir.«

Aufgeregtes Gemurmel ging durch die Klasse. »Hört noch mal zu.« Frau Peters klatschte in die Hände. »Bringt eure Wichtelgeschenke verpackt mit. Haltet euch bitte unbedingt an die Regel, dass sie nicht mehr als fünf Euro kosten dürfen.«

»Was soll man denn Mädchen schenken?«, rief Fabian laut in die Klasse. Sofort ging es hoch her. »Ist doch ganz klar«, gab Florian zurück. »Schminke, Handtäschchen, Schuhe, darauf stehen Frauen.«

Die Mädchen verdrehten die Augen und stöhnten entnervt.

»Was soll man denn Vollidioten schenken?«, rief Luisa frech zurück, aber da schellte es bereits.

In einer Gruppe von Mädchen liefen Sina und ich die Treppen hinunter und stellten uns an der Hausmeisterloge an, um einen Becher heißen Kakao zu kaufen. »Es ist so schwer, einen Jungen zu bewichteln«, stöhnte Luisa. »Bei einem Mädchen weiß man sofort, was sie gut findet.« Ihr Blick fiel auf Carolin aus unserer Klasse, die ganz in Schwarz alleine durch die überdachte Pausenhalle ging. Ihr Outfit aus schwarzen Schnürstiefeln und einer schwarzen Lederjacke sagte ganz klar: Lasst mich bloß in Ruhe. »Bei den meisten zumindest«, sagte sie mit Betonung. Die anderen tratschten über Carolin, die Neue in unserer Klasse. Angeblich, so hatte es Luisa gehört, wollte sie sich die Augenbraue piercen lassen und sollte auf Paul stehen …

Der Hausmeister reichte uns nacheinander unseren dampfenden Kakaobecher herüber. Wir standen zu siebt im Kreis zusammen und hielten die dünnen Plastikbecher mit beiden Händen umfasst und besprachen wieder die Wichtelgeschenke.

Sina pustete in ihren Kakao und sagte: »Wisst ihr, was ich als Wichtelgeschenk für Jungs ganz süß finde, eine Kiste mit lauter Süßigkeiten, die alle einzeln verpackt sind.« Sina hatte kaum ausgesprochen, da schubsten Fabian und Florian Paul von hinten gegen sie. »He, geht's noch«, schrie Sina entsetzt, als ihr Kakao überschwappte und einen hässlichen Flecken auf ihrem hellen Pullover hinterließ.

»Ups«, sagte Paul, und er wurde rot, mehr fiel ihm dazu nicht ein. Seine Freunde liefen grölend davon.

»Mensch, könnt ihr euch auch mal normal benehmen?«, meckerte ich ihn an. Doch er zuckte die Schultern und verschwand rasch im Gewühle der überdachten Pausenhalle. Wieso mussten Jungs immer alles so wild machen?, dachte ich, während Sina in die Mädchentoilette lief, um ihren Pulli zu reinigen. Ich wartete davor auf sie. Hier war wenigstens nicht so ein Trubel wie in der überdachten Pausenhalle. Aus der Aula hörte man Klavierklänge.

Ich zuckte zusammen, als mir plötzlich jemand von hinten auf die Schultern tippte, und drehte mich herum. Vor mir stand Henry, der mal wieder lautlos wie aus dem Nichts aufgetaucht war.

»Ich habe da etwas, das du und Sina unbedingt sehen solltet«, sagte er und zog einen zusammengefalteten Zettel aus seiner Hosentasche. Darauf stand: »Candle-Light-Dinner in Haus Landeck. Erleben Sie ein romantisches Menü zu zweit im Kerzenschein von Hunderten Kerzen. Für Euro 100,– erwartet Sie ein unvergesslicher Abend im alten Rittersaal. Es gibt nur sechs Karten, bewerben Sie sich jetzt, das Los entscheidet.«

Ich sah von dem Blatt auf. »Henry, das ist genau das, was wir für unsere Eltern suchen«, rief ich begeistert, denn ein Candle-Light-Dinner war einer der Top-Tipps, die ich im Internet gefunden hatte. Aber woher sollten Sina und ich so viel Geld nehmen? Und selbst wenn wir es hätten, war es ja nicht sicher, ob Mama und Michel ausgelost werden würden. Das Candle-Light-Dinner erschien wunderbar und unmöglich zugleich.

Henry lächelte mir aufmunternd zu, als ob er meine Gedanken gelesen hätte. »Du hast sonst auch immer gute Ideen«, sagte er. »Warum sollte das jetzt anders sein?« Er winkte mir zu und verschwand in der Pausenhalle, als Sina unglücklich aus den Mädchentoiletten kam. Der braune Fleck auf ihrem hellen Pullover war vom Reiben noch größer geworden als zuvor. »Ich würde am liebsten nach Hause gehen«, stöhnte meine ABF. »Das sieht ja nur scheiße aus.«

»Aber ich habe etwas, das ist erste Sahne«, erwiderte ich und hielt ihr den Zettel vom Candle-Light-Dinner hin. »Was sagst du dazu? Heute Nachmittag melden wir unsere Eltern an.« Dabei gab es nur ein Problem, wir mussten eine Telefonnummer angeben. Sina und ich warfen eine Münze, um zu entscheiden, wessen Nummer wir nehmen würden. Es war meine. Aber Mama arbeitete ja bis nachmittags und wahrscheinlich würde sowieso niemand von Candle-Light-Dinner bei uns anrufen. Denn natürlich konnten wir unseren Eltern davon noch nichts verraten.

Am nächsten Tag herrschte ein Winterwetter, bei dem man am liebsten im Bett geblieben wäre. In unserer Klasse hatte Paul die Mozzarella-Packung entdeckt und fluchend auf dem Schulhof in den Müll geschmissen. »Wer war das?«, schrie er, als er wieder ins Klassenzimmer kam. Ich sagte nichts, aber ich schrieb ihm einen Zettel, auf dem stand: »Lass Sina in Ruhe, sonst hast du solche Überraschungen öfter.« Ob das wirken würde?

Sina und ich waren nach der Schule auf dem Weg in die Stadt. Ich hielt mir den Schal vors Gesicht. Sina hatte ihre Mütze tief ins Gesicht gezogen und ihren Mantelkragen hochgestellt. Alles lag wie erstarrt in einem eisigen Nebel. Woher sollten wir nur die einhundert Euro bekommen, die das Candle-Light-Dinner kostete?, überlegte ich. Die Antwort lag für mich auch in einem Nebel.

Dann hörten wir einige Erwachsene, die vor der verschneiten Kirche Weihnachtslieder sangen. Zu ihren

Füßen stand eine Spendenbüchse im Schnee, aber kaum jemand blieb stehen und hörte ihnen zu. Die meisten Leute hasteten von Geschäft zu Geschäft.

Nur Sina sah den Sängern wie gebannt zu. Schließlich drehte sie sich zu mir um: »Durch unsere Chor-AG können wir das genauso gut, Grete«, sagte sie leise, »aber *so* reicht das noch nicht.«

»Wie – so reicht das nicht?«, echote ich, ohne zu wissen, was meiner ABF vorschwebte.

»Ich stelle es mir so vor«, sagte sie und zog mich dicht zu sich heran, als ob die Sänger uns belauschen würden. »Wir beide singen, aber dazu brauchen wir einen richtigen Auftritt, eine Show, die man so noch nicht gesehen hat«, flüsterte sie mir ins Ohr.

Ich sah meine Freundin an, als sei sie plötzlich übergeschnappt. »Was um Himmels willen hast du vor?«, fragte ich.

Sina grinste. »Es ist ganz einfach, wir holen uns Unterstützung und verdienen garantiert doppelt so viel«, sagte sie, so als sei es das Normalste der Welt. Aber würde das wirklich klappen?

Am Freitagnachmittag hätte ich mich auf dem Weihnachtsmarkt am liebsten in Luft aufgelöst. Wir standen neben dem Karussell, wo zumindest der Schnee geräumt war, und trugen Engelsflügel. Sina hatte sie für uns aus den alten Vorhängen gebastelt. Diese Flügel gab es auch noch in Groß für McSniff und in Kleiner für Einstein, Merlin, Mim und Daisy.

»Hier«, sagte Sina und holte die kleinen Flügel aus einer Tüte und reichte sie mir. Wir schlangen die bauschigen Flügel um den Bauch der Hunde. Ich trat einen Schritt zurück, um sie mir anzusehen, aber irgendwie wirkten die Flügel bei den fünfen eher wie Tutus.

McSniff setzte sich sofort auf dem Bürgersteig hin und kratzte mit dem Hinterbein an seinen Tutu-Flügeln, dass die Stofffetzen flogen. »Schluss jetzt«, rief Sina entschieden und brachte ihren Hund auf seine Position zurück.

»Sitz«, rief sie. Alle fünf Hunde saßen im Halbkreis um uns herum. Sina stand links außen, ich rechts außen. Auf

Sinas Zeichen hin fingen wir an und sangen *Vom Himmel hoch, da komm ich her*.

Mittendrin stand Daisy auf und zupfte mit den Zähnen an ihren Flügeln, bis sie wie ein weißer Ballon über ihrem buschigen Schwanz hingen. Den Leuten gefiel es, sie lachten und warfen Münzen in unsere Dose.

Mir war das zuerst so peinlich, dass ich um Geld sang. Ich wusste gar nicht, wohin ich sehen sollte. Aber Sina blickte mich von der anderen Seite des Halbkreises an und ich wollte sie nicht hängen lassen. Immerhin machten wir all das, um unseren Eltern das Candle-Light-Dinner möglich zu machen. Es fiel mir schwer, aber ich sang einfach weiter, als sei nichts geschehen.

Beim nächsten Lied drehte sich Einstein im Kreis und jagte den eigenen Schwanz, wieder lachten die Leute und warfen Münzen in unsere Dose. Dieses Mal war es in Ordnung für mich. Immerhin hatten die Leute ihren Spaß.

Als Dankeschön ließ ich alle Hunde Männchen machen, sogar McSniff machte mit, und das sah so süß aus, dass es wieder in unserer Dose klingelte.

Sina und ich blickten uns an. Wenn das so weitergehen würde, hätten wir bis abends vielleicht genug Geld für das Candle-Light-Dinner zusammen. Begeistert stimmten wir *Oh, du fröhliche* an, als plötzlich Einstein mit einem Satz von seinem Platz sprang. Hechelnd lief er zu einem kleinen Kind mit einem Wurstbrötchen in der Hand und stupste es energisch an. Das Kind schrie erschreckt auf und ließ sein Brötchen fallen. Ich war sofort zur Stelle, aber da niemand mehr ein Brötchen mochte, das auf der dreckigen Straße gelegen hat, durfte es Einstein auffressen.

»Unverschämtheit«, schrie die Mutter des Kindes, die mit voll beladenen Einkaufstüten jetzt erst herankam. »So viele Hunde ohne Leine, das ist ja eine Gefahr für kleine Kinder.«

Wir entschuldigten uns für Einstein und wollten ihr das Geld für ein neues Brötchen geben, aber sie zischte nur: »Unverschämtheit, ihr solltet euch schämen«, und fasste ihr Kind an der Hand und zog es mit sich.

So langsam hatte ich eiskalte Füße, trotz meiner Winterstiefel. Die Zuschauer, die eben noch im Kreis um uns gestanden hatten, hatten sich inzwischen verstreut. Am liebsten hätte ich aufgehört und wäre nach Hause gegangen. Sina rieb sich die kalten Hände und seufzte. »Wie viel Geld haben wir denn?«

Ich zählte den Inhalt in der Dose. »Es sind erst 15 Euro fünfzig«, sagte ich leise. Das würde nie ausreichen, um das Candle-Light-Dinner für unsere Eltern zu bezahlen. Aber wenn Sina aufhören wollte, dann würden wir gemeinsam gehen.

»Komm, lass uns eines der Lieder singen, das wir am besten können. Wir müssen das Publikum wieder anlocken«, sagte sie und schlang den Schal fester um ihren

Hals. Wir entschieden uns für: *Kommet ihr Hirten, ihr Männer und Frauen.*

Unser Musiklehrer wäre stolz auf uns gewesen, denn wir hielten genau die Töne und es klang großartig. McSniff legte sich mittendrin auf den kalten Boden und hielt die Pfoten über die Ohren. Wieder lachten Leute und immer mehr blieben stehen, im Nu hatten wir mehr Zuhörer als zuvor. Münzen fielen klingelnd in unsere Dose. Wir kamen zur letzten Strophe, und weil es so gut lief, sangen wir einfach mit der ersten Strophe weiter.

Alles war perfekt, bis plötzlich eine Frauenstimme hinter mir sagte: »So, nun ist Ende der Vorstellung.« Ich wirbelte mit unseren selbst gemachten Flügeln herum. Hinter mir stand eine Polizistin, und bei Sina stand ein Polizist, der einen Notizblock zückte. »Euren Namen und eure Anschrift«, sagte er.

Zum ersten Mal in unserem Leben wurden wir auf die Polizeiwache gebracht. Dort ging es hoch her. Ein schwankender Mann, der nicht mehr seinen Namen nennen konnte, wurde in die Ausnüchterungszelle gebracht. Ein Mädchen in unserem Alter hatte auf dem Weihnachtsmarkt geklaut, und von uns glaubten die Polizisten, dass wir von zu Hause ausgerissen wären. Dabei hatten wir ihnen mehrmals versichert, dass alles in Ordnung war. Außerdem, so hörten wir, war es nicht gestattet, ohne Erlaubnis in der Fußgängerzone zu musizieren. »Wir rufen jetzt eure Eltern an«, sagten sie, und das war mir fast ganz lieb. Denn ich wollte nur schnell weg aus der Polizeiwache. »Was Paps und deine Mutter nur sagen werden?«, murmelte Sina, die blass neben mir saß.

McSniff setzte sich auf den Boden der Polizeiwache und kratzte sich wieder so, dass Fetzen aus dem zarten Flügelstoff flogen. Da zogen wir den Hunden die Flügel aus und steckten sie mit unseren in die Tüte. Ich sammelte die Fetzen vom Boden auf, als erst Mama und kurz darauf Michel in die Wache stürmten.

Ihr Wiedersehen war nicht ganz so romantisch, wie wir es uns gewünscht hätten. Beide waren entsetzt, uns mit den ganzen Hunden in der Polizeiwache zu finden. »Was habt ihr euch dabei nur gedacht?«, riefen sie gleichzeitig. Dann mussten sie der Polizei einen Zettel unterschreiben, bevor sie uns und die Hunde in das jeweilige Auto packen durften.

Zu Hause rang Mama die Hände, während sie im Wohnzimmer auf und ab lief. »Grete, wie konntest du nur? Wieso singst du mit Sina mitten in der Stadt und dazu noch mit allen Hunden, die du kriegen kannst?«, rief sie entsetzt. »Das verstehe ich einfach nicht.«

»Mama«, sagte ich in der Hoffnung, sie würde sich beruhigen, »Sina und ich sind doch beide in der Chor-AG und so wollten wir uns ein bisschen Taschengeld verdienen.«

»Du bekommst doch Taschengeld von mir, Grete«, rief

Mama, während sie aufgebracht vor dem Sofa auf und ab lief. »Wieso reicht das nicht?« Ich druckste rum, unseren Plan konnte ich ihr natürlich schlecht verraten.

Mama lief in die Küche und setzte Wasser für einen Tee auf. »Ich verstehe einfach nicht, wie ihr auf diese Idee gekommen seid«, rief sie, während sie die Teepackung öffnete. Aber ihre Hände waren so unruhig, dass sie den Tee auf der ganzen Arbeitsplatte verschüttete. Mama wischte ihn hastig zusammen. »Und dann auch noch mit den Hunden, die du sittest.« Sie holte zwei Tassen aus dem Küchenschrank und lief mit ihnen zu mir ins Wohnzimmer zurück. Sie stellte die Tassen auf den Sofatisch. »Was meinst du, wie die Besitzer von Ein…«, ihre Stimme wurde leiser, damit man sie draußen im Treppenhaus nicht hörte, »Einstein, von Merlin, Mim und diesem angezogenen Dackel, wie heißt er gleich?«

»Daisy.«

»Also gut, Daisy. Wie ihre Besitzer das finden, wenn ihre Hunde zum Betteln mitgenommen werden?«

»Aber, Mama«, sagte ich entsetzt, »Wir haben doch nicht gebettelt.«

»Ganz so hat es die Polizei empfunden, als Betteln mit Hilfe von Tieren.« Der Wasserkessel pfiff. Mama lief in die Küche.

Ich biss mir auf die Lippen, so hatte ich das noch nie gesehen. Alle Welt hatte gedacht, dass wir betteln würden. Am liebsten wäre ich unsichtbar geworden, so peinlich war mir das. Meine Mutter goss das Teewasser auf und rief mir aus der Küche zu: »Grete, wenn du ein Problem hast, dann kannst du mir das sagen.« Sie nahm die Teekanne und trug sie zum Sofatisch. »Du weißt doch, dass du mit mir über alles reden kannst, oder?« Mama setzte sich auf unser Sofa und stützte den Kopf in die Hände.

Ich nickte. Aber unseren geheimen Plan konnte ich ihr einfach nicht verraten, sonst würde er ja nicht funktionieren!

Schließlich ging ich in mein Zimmer und lehnte meinen Kopf an die kühle Fensterscheibe. Draußen lag eine dicke Schneedecke, vielleicht würde es sogar weiße Weihnachten geben? Immerhin war in zwölf Tagen Weihnachten. Doch sosehr wir versuchten, Romantik in Mamas und Michels Leben zu bringen, irgendwie ging das immer schief.

Nebenan, im Wohnzimmer, telefonierte Mama. Sie sprach extra mit leiser Stimme. Oje, ob sie jetzt einen Termin bei einer Psychologin für mich machte? Ich lief zu meiner geschlossenen Zimmertür, presste das Ohr daran und lauschte. Mit wem sprach sie nur?

»Ja, ich bin auch extrem besorgt. Grete hat so etwas noch nie gemacht.« Sie hörte zu, dann sagte sie: »Die beiden sind jetzt in so einem sensiblen Alter. Sie können so schnell auf die schiefe Bahn kommen, das ist meine allergrößte Sorge.«

»Hm«, machte Mama. Wieder hörte sie zu. »Sie meinen, den beiden etwas Positives anzubieten? Ja, das finde ich gut. An was hatten Sie denn gedacht?«

Dann rief sie überrascht: »Nein, Sie glauben es nicht, Grete hat auch so einen Wunschzettel geschrieben und sich gewünscht, in eine verschneite Berghütte zu fahren. Ja. Ob wir vielleicht ein bisschen von dem Wunschzettel erfüllen könnten? Warum nicht. Sie meinen Rodeln? Am Wochenende? Ja klar, wir haben noch nichts für das Wochenende vor. Morgen? Ja, gerne!«

Ich zückte mein Handy und schickte meiner ABF eine SMS. MANCHMAL GEHEN WUNDER IN ERFÜLLUNG, schrieb ich.

ZUM BEISPIEL BEIM RODELN AM WOCHENENDE, simste sie zurück.

JETZT DARF ABER NICHTS MEHR SCHIEFLAUFEN, gab ich zu bedenken. Dann klingelte mein Handy, Sina war dran.

»He, jetzt sei mal nicht so negativ. Was soll jetzt noch schieflaufen«, wisperte sie in den Hörer. »Stell dir mal vor, wie deine Mutter sich an den breiten Schultern von meinem Vater festklammert, während sie den Rodelhang hinabsausen.«

»Das hat was«, bestätigte ich, »außerdem habe ich letztens im Internet gelesen, dass körperliche Nähe beim Verlieben sehr förderlich ist.«

»Also, dann ist doch alles bestens«, meinte meine ABF. »Freu dich auf morgen!«

Ich freute mich so, dass ich in dieser Nacht nicht einschlafen konnte und endlos wach im Bett lag. Immer wieder malte ich mir aus, wie unsere Eltern erst aneinandergeschmiegt ins Tal sausten und sich dann tiefe Blicke zuwarfen. Doch Vorstellung und Realität sind leider zwei verschiedene Dinge!

Ausgerechnet an diesem wichtigen Tag verschlief ich, so hundemüde war ich von der Nacht. Als Mama mich endlich wach rüttelte, zeigte mir ein Blick auf mein Handy, dass Sina und ihr Vater uns in zehn Minuten abholen würden.

»Mama, warum hast du mich nicht früher geweckt?«, schrie ich, während ich in die Dusche stürmte und das Wasser andrehte. »Die Frage ist, *wie oft* ich dich heute früh geweckt habe«, übertönte die Stimme meiner Mutter das Wasserplätschern. »Denn du hast dich jedes Mal zusammengerollt wie ein Murmeltier und einfach weitergeschlafen.«

Die Zeit war knapp, aber zum Glück hatte ich mir gestern Nacht schon genau überlegt, wie mein Rodel-Styling aussehen würde. Ich würde meine geflickte Jeans anziehen, dazu die blaue Winterjacke mit meinem geringelten Schal mit den passenden Handschuhen und der süßen Pudelmütze. Das war perfekt für unseren Ausflug!

Doch als ich tropfnass in mein Handtuch gewickelt in

mein Zimmer hetzte, hatte Mama diese peinliche rosa Schneehose auf mein Bett gelegt, die ich ganz hinten in meinem Schrank versteckt hatte. Im letzten Winter hatte ich sie bekommen – aber dazwischen und heute lagen Welten. Seit ich in der sechsten Klasse war, war Rosa so was von out. Auf keinen Fall würde ich in dieser peinlichen Schneehose rodeln gehen.

Mama hatte da allerdings eine ganz andere Vorstellung. »Wir sind heute den ganzen Tag in der Kälte«, sagte sie mit einer Stimme, die keinen Widerspruch duldete. Das reizte mich immer besonders, ihr zu widersprechen. »Du wirst dir also etwas Warmes anziehen«, sagte sie und drückte mir diese Schneehose in die Hände.

»Mama«, stöhnte ich und hielt die Schneehose vor mich, »niemand in meinem Alter zieht *so etwas* mehr an, das ist voll babyhaft. Außerdem fühle ich mich in der Schneehose wie eine Wurst in der Pelle.« Das müsste Mama doch verstehen, zumal sie sonst immer sagte, dass man sich in seinen Anziehsachen wohlfühlen sollte.

Aber meine Mutter warf einen Blick auf ihre Armbanduhr. »Du hast jetzt zwei Möglichkeiten, Grete, entweder du kommst in der Schneehose mit zum Rodelberg oder du bleibst wie Wurst ohne Pelle zu Hause.« Mit diesen Worten knallte sie hinter sich meine Zimmertür zu.

Ich war sauer, richtig sauer. Das war ein klarer Fall von Erpressung. Normalerweise wäre ich den Rest des Tages in meinem Zimmer geblieben und hätte Mama spüren lassen, wie ungerecht ich diese Art von Behandlung fand. Aber ausgerechnet in diesem Moment schellte es an der Haustür. Sina und Michel waren da, um uns abzuholen. Auf keinen Fall würde ich verpassen, wie sich meine Mutter beim Rodeln in Sinas Vater verliebte. Also sprang ich in die verflixte Schneehose, während ich schrie: »Ich bin sofort fertig, es dauert nicht lange.«

Es dauerte vielleicht doch ein bisschen, bis ich all meine Wintersachen angezogen hatte, jedenfalls bekam Michel einen Strafzettel überreicht, gerade als wir auf die Straße kamen. »Wegen Parkens in der zweiten Reihe«, zischte mir Sina aus dem Auto vorwurfsvoll zur Begrüßung zu. »Wieso warst du nicht fertig? Wir waren pünktlich um 11 Uhr da!«

Das konnte ich nach allem, was heute Morgen gewesen war, so gar nicht gebrauchen. Ich wartete, bis Michel ausgestiegen und mit Mama zum Kofferraum gegangen war, um unseren Schlitten und Mamas Picknickkorb hineinzustellen.

»Nur dass du es weißt, ich war vielleicht die halbe Nacht wach«, gab ich wütend zurück, denn Sina sah so ausgeschlafen und in ihrem Schnee-Outfit so super stylish aus. Ganz anders als ich.

»Du weißt genau, dass mein Vater nichts mehr als Unpünktlichkeit hasst«, zeterte Sina weiter. »Warum musst du uns alles verderben?« McSniff, der in der Mitte der Rückbank saß, guckte von Sina zu mir.

»Das ist ja wohl nicht wahr«, fauchte ich zurück. So langsam reichte es mir. »Jetzt mach mich nicht so an, ich verderbe überhaupt nichts. Wenn hier eine was verdirbt, dann du. Nämlich die Stimmung.«

Sina hielt erst die Luft an, so hatten wir noch nie miteinander gesprochen. Dann zischte sie leise zurück, damit unsere Eltern am Kofferraum unseren Streit nicht hörten: »Weißt du was, ich sage dir was«, wisperte Sina. »Mach doch deine Sachen alleine.« Mit diesen Worten drehte sie sich von mir weg und blickte aus dem Fenster auf ihrer Seite, so als ob es dort etwas Interessantes zu sehen gäbe.

»Super, mache ich gerne«, erwiderte ich gefährlich leise, während die Wut in mir so kochte, dass ich es am liebsten laut gebrüllt hätte. »Das ist besser, als so fies behandelt zu werden. Ich hatte heute früh voll den Stress, aber das interessiert ja sowieso niemanden.« Beleidigt schaute ich aus dem Fenster aus meiner Seite. In unserer Mitte schüttelte McSniff wild den Kopf, sodass seine Ohren hin- und herschlackerten, dann legte er sich der Länge nach auf die Rückbank. Ich bekam seinen Kopf, Sina sein Hinterteil. Besser hatte sie es auch nicht verdient, fand ich.

Dann stiegen Mama und Michel ins Auto. »So, dann wollen wir mal«, rief Mama betont munter. »Wir haben heißen Kakao und belegte Brötchen mit.«

Sina sagte nichts, ich auch nicht. Jede von uns guckte stur aus dem Fenster auf ihrer Seite heraus.

»Super«, sagte Michel schließlich in das Schweigen.

»Wir haben klein geschnittenes Obst und unsere ganze Keksdose mitgenommen.«

Die Kekse und ihr Obst konnten die Morgens von mir aus alleine essen. Pah, dachte ich, ist mir doch egal. Ich jedenfalls würde nichts von ihrem Proviant anrühren und reden würde ich mit Sina auch nicht mehr. So verlief die Fahrt zum Rodelberg ziemlich still. Mama und Michel unterhielten sich ein bisschen, aber das war nicht dasselbe wie zwei kichernde Mädchen im Auto.

Am Rodelhang stiegen wir aus. Normalerweise wäre es ganz herrlich gewesen: Der Himmel war strahlend blau, die Sonne schien und der Schnee knirschte unter meinen Füßen. Alle Bäume sahen so tief verschneit aus, als ob jemand weiße Kissen auf die Zweige und Äste gelegt hatte. Ich sah mir lieber die Bäume an als Sina, die so fies und ohne einen Funken von Mitgefühl zu mir gewesen war. Wir schwiegen uns weiter an, während unsere Eltern die Schlitten aus dem Kofferraum holten. Sina beugte sich zu McSniff und hakte die Leine aus. Er tobte erst in wilden Sätzen durch den Schnee, dass es weiß staubte. Dann steckte er seine Nase in eine Schneeverwehung und er schnaufte laut. Mama und Michel lachten gleichzeitig. Ob das ein gutes Zeichen war? Ich konnte mich nicht mehr genau an alle Aspekte in dem Artikel im Internet über die Liebe erinnern – und Sina fragen würde ich garantiert nicht. Lieber wusste ich es nicht oder biss mir die Zunge ab.

Michel holte als Letztes unseren Picknickkorb aus dem Kofferraum. »Na, dann wollen wir mal«, sagte Mama wieder, während sie eine alte Kerze aus der Jackentasche zog. Mit der Kerze rieb sie über die Kufen unseres Schlittens, bis sie glänzten. »Damit saust er gleich besonders gut. Wollen Sie auch?« Sie hielt Michel die Kerze hin.

Doch der schüttelte den Kopf: »Bevor wir rodeln, sehe ich mir lieber an, ob die Strecke auch wirklich sicher ist.« Er zog ein Brillenetui aus der Innentasche seiner Jacke und setzte sich die Brille auf. Dann blickte er den Hang hinunter. »Seht ihr das?«, fragte er uns besorgt. »Da unten steht neuerdings ein Zaun! Wenn ihr hinabrodelt, ist es wichtig, dass ihr früh genug abbremst«, sagte er zu Sina und mir, »damit ihr nicht in dem Zaun landet.« Er sah so besorgt aus, als ob er den Zaun am liebsten abbauen würde.

»Ach was«, meinte Mama unbekümmert. Sie nahm das Schlittenseil und marschierte zum Hang. »Machen Sie sich da mal keine Sorgen, das kriegen die Mädels schon hin, nicht wahr?« Sie drehte sich zu Sina und mir um.

Sina nickte. Ich zuckte nur unbeteiligt die Schultern. Sollte Sina doch alleine rodeln. Denn ich würde nichts gemeinsam mit jemand machen, der so fies zu mir gewesen war.

Michel ging auf den Abhang zu. »Am besten gehe ich die Strecke mal eben zu Fuß ab, um alles zu kontrollieren«, sagte er, während er seinen Reißverschluss bis zum

Kinn hochzog. Entschlossen, als würde er ein Unglück verhindern.

»Was gibt es da groß zu kontrollieren?« Mamas Stimme klang leicht überrascht. Auch ich hatte noch nie erlebt, dass jemand eine Rodelstrecke abging.

»Sehen Sie das?« Michel zeigte auf eine Bodenwelle, über die die anderen Schlittenfahrer laut kreischend sausten. Manche flogen sogar ein Stück durch die Luft wie bei einer Sprungschanze. »Wenn einem da der Schlitten in den Rücken schlägt, kann das schlimme Folgen für die Wirbelsäule haben. Ich schaue mal, wie man das umfahren kann.« Er hakte McSniff an die Leine, drückte Sina die Hundeleine in die Hand und ging alleine zum Abhang.

Mama trat fröstelnd von einem Fuß auf den anderen. »Wissen Sie«, rief sie ihm nach, »beim Rodeln holt jeder sich mal ein paar blaue Flecke, aber da passiert doch nichts.«

Michel, der schon den Hang hinabmarschiert war, blieb stehen und drehte sich zu ihr um. »Und woher wollen Sie wissen, dass nichts Schlimmeres passiert?«, rief er zu uns hinauf.

»Nun, ich bin jeden Winter gerodelt und habe es am Stück überlebt, wie Sie sehen.« Mama machte eine Handbewegung von Kopf bis Fuß und lachte, aber Michel verzog keine Miene. So fügte sie schnell hinzu: »Allerdings gibt es bei uns auf Juist natürlich keine Berge. Das

Höchste, was wir zum Rodeln hatten, war die Böschung des Sportplatz.«

»Man kann gar nicht vorsichtig genug sein«, versicherte Michel und wandte sich zum Gehen. Als einziger Fußgänger auf dem Rodelhang stapfte er zu Fuß hinab und sprang zur Seite, als ein Schlitten ihn fast umgefahren hätte. Da tat er mir wirklich leid.

Wir blieben zu dritt mit McSniff auf der Bergkuppe zurück. Trotz des Sonnenscheins wehte der Wind kalt. Vom Rodelberg hörten wir lautes Jauchzen. Alle rodelten und hatten Spaß. Nur wir warteten immer noch auf Michels Rückkehr. Das würde dauern. Michel war gerade erst im Tal angekommen.

McSniff stand zitternd im Schnee. Sina hüpfte auf der Stelle, um warm zu werden. Auch mir wurde trotz der Schneehose immer kälter. Mama schlug die Arme um den Körper. Da sagte Sina in das Schweigen hinein entschuldigend: »Antje, weißt du, mein Vater ist beim TÜV. Dort macht er lauter Sicherheitstests. Trotzdem hat er immer Angst, dass sich jemand verletzen oder einen Unfall haben könnte.«

Mama nickte. Dann nahm sie das Seil von unserem Schlitten in die Hand. »Das mag sein, aber bis er mit der Sicherheitskontrolle fertig ist, hat die Erosion den Berg abgetragen. Ich rodel jetzt, sonst friere ich hier noch fest.« Sie zog unseren Schlitten bis zum Hang, setzte sich darauf und raste ins Tal hinab. Ganz ohne Unfall!

Sina und ich sahen uns nicht an. Aber McSniff winselte so traurig, dass Sina schließlich sagte: »Los, wir rodeln auch.« Sie löste McSniff von der Leine und setzte sich vorne auf den Schlitten. Dahinter war noch ein Platz frei, aber ich zögerte noch, ob ich mich dazusetzen sollte. Immerhin sprachen Sina und ich nicht mehr miteinander.

Obwohl Sina startklar war, fuhr sie noch nicht los. Hieß das, dass sie auf mich wartete? Ich zählte bis zehn, dann setzte ich mich hinter sie. »Festhalten!«, rief Sina, wir stießen uns ab und sausten gemeinsam auf dem Schlitten den Berg hinunter.

McSniff rannte erst in wilden Sätzen neben uns her und dann überholte er uns und lief vor den Schlitten. Wir mussten blitzschnell umlenken, lehnten uns so weit wir konnten zur anderen Seite und kippten in voller Fahrt in den Pulverschnee. McSniff sprang aufgeregt hechelnd zwischen uns hin und her und wollte uns aus dem Schnee retten.

Wir setzten uns beide auf. Sina war von Kopf bis zu ihrer Schneehose mit Schnee überzogen. »Du siehst aus wie ein weiß paniertes Fischstäbchen«, rief ich. Da kreischte Sina: »Fischstäbchen, na warte, das kannst du haben«, und beschmiss mich mit Schnee. Schließlich lagen wir beide auf dem Rücken im Schnee und blickten in den blauen Himmel über uns.

»Reden wir wieder miteinander?«, fragte ich, und Sina sagte: »Oh ja, und wie!«

»Lass mal sehen, was unsere Eltern machen«, meinte ich, denn um die ging es ja vor allem! Wir stapften in der Sonne den Berg hinauf, als Mama jauchzend an uns vorbeisauste. Als wir oben ankamen, fühlte ich mich wie ein Würstchen im Schlafrock, das aus dem Ofen kommt. So glühend heiß war mir in der Schneehose.

Michel erwartete uns bereits. Sein Gesicht war düster: »Wie konntet ihr nur zusammen mit dem Hund rodeln? Kinder, ich habe eben gedacht, ihr habt einen Zusammenstoß mit McSniff«, sagte er furchtbar ernst.

»Aber, Paps«, rief Sina, »das war doch lustig! Wir haben uns kaputtgelacht.«

»Ihr vielleicht«, gab Michel todernst zurück. »Mir ist fast das Herz stehen geblieben.« Er nahm McSniff an die Leine. »Noch einmal macht ihr das auf keinen Fall. Das ist viel zu gefährlich. Nicht, dass ihr noch einen Unfall habt.«

Ich verstand ihn nicht. Es war doch nichts passiert. Wieso hatte Michel nur so einen Sicherheitstick?

McSniff fing in der Kälte an zu zittern. »Aber, Paps, wenn er nicht läuft, friert er doch«, protestierte Sina. Da kam Mama den Berg hinaufgestapft. Sie hatte rote Wangen vom Aufstieg und zog den Schlitten hinter sich.

Los, Michel, dachte ich, jetzt frag Mama, ob sie gemeinsam mit dir rodeln möchte. Damit sie sich an dir festklammert. Aber das tat er nicht. »Man kann ihnen ja nicht zusehen, so wie sie rodeln«, sagte Michel.

Mama grinste.

Heißt es, dass sie Michel wichtig ist und er deshalb nicht zusehen will, wie sie beim Rodeln einen Unfall hat? Oder heißt es, dass sie ziemlich rasant rodelt? Sina weiß es auch nicht. Wir brauchen unbedingt ein Liebeswörterbuch, in dem steht, was Erwachsene wirklich meinen. Aber selbst dann weiß ich nicht, ob Mama in Michel verliebt ist oder vielleicht doch in Udo. Es gibt mehr Fragen als Antworten.

Als ich nach dem Rodelwochenende Sina auf dem Schulhof traf, kamen Paul und seine beiden Freunde rempelnd und einander gegenseitig schubsend auf uns zu.

»Hi, Sina«, sagte Paul, als er an uns vorbeiging.

Zum ersten Mal ganz ohne sie zu ärgern oder sonst einen Blödsinn zu machen.

Sina nickte ihm kurz zu.

Dann gongte es und der Unterricht bei Frau Peters begann. Das Lüften in unserem Klassenzimmer über das Wochenende hatte gewirkt. Endlich stank es nicht mehr so, als ob eine Horde pupsender Elche darin übernachtet hatte.

Unsere Klassenlehrerin klatschte in die Hände. »Wir kommen nun zum Wichteln«, rief sie laut. Sofort ging aufgeregtes Gemurmel durch die Klasse, es raschelte überall, als alle Schüler nun ihre Wichtelgeschenke hervorholten. Zwei Päckchen waren so groß wie ein Schuhkarton, ein anderes so klein, dass es in meiner Hand Platz gehabt hätte.

Sina durfte als Erste ihr Wichtelgeschenk entgegennehmen. Sie bekam von Paul ein kleines Päckchen, in dem zwei rote Herzen als Tannenbaumanhänger lagen. Als sie die sah, wurde sie rot und klappte das Päckchen schnell wieder zu. Ich glaube, das hätte ich auch gemacht, wenn ich vor der ganzen Klasse rote Herzen von einem Jungen bekommen hätte. Machte Paul das, um Sina zu ärgern oder … Ich blickte ihn an. Er hatte rote Wangen und schaute verlegen auf seine Füße. War er vielleicht sogar in Sina verliebt?

Sina ließ das Päckchen verlegen in ihrer Schultasche verschwinden. »Weißt du was, er hat dir bestimmt auch den Zettel mit dem Weihnachtsengel geschrieben«, wisperte ich meiner ABF zu.

»Aber warum sagt er dann in der Schule nicht mal was Nettes?«

Stattdessen machte Paul meist das Gegenteil, schoss es mir durch den Kopf. Aber weshalb ärgerte er Sina auf dem Schulhof? Warum stupste er sie absichtlich an, sodass sie Kakao auf ihren Pullover bekam? Versuchte er auf diese Art, ihre Aufmerksamkeit zu bekommen? So dumm konnte doch eigentlich niemand sein? Ich sah auf und überlegte. »Vielleicht haben Jungs einfach nur eine andere Art, ihre Gefühle zu zeigen?«, flüsterte ich Sina zu.

Nachmittags mussten wir ein Referat für Bio vorbereiten. Sina und ich setzten uns mit einer Tüte Gummibärchen an meinen Schreibtisch. Erst quatschten wir über Paul und die Jungs und dann klingelte das Telefon. Ich nahm ab.

»Candle-Light-Dinner, Bärbaum am Apparat. Spreche ich mit Frau Antje Hansen?«, flötete eine fremde Frauenstimme.

Als ich den Namen Candle-Light-Dinner hörte, wurde mir ganz heiß. Jetzt durfte ich nichts falsch machen. Doch auf einmal wusste ich gar nicht, was ich sagen sollte. Und das passiert mir sonst nie. Ich drückte den Hörer an mein Ohr.

»Hallo, ist da jemand?«, rief die Frau ungeduldig in den Hörer.

Ich schluckte. »Ja.« Das war vielleicht etwas knapp, aber mehr brachte ich nicht raus.

»Spreche ich mit Frau Antje Hansen?«, fragte die Frau wieder.

Ich schüttelte den Kopf, was sie natürlich nicht sehen konnte. »Grete Hansen«, stieß ich hervor. »Ich bin die Tochter.«

»Hallo, Grete«, rief die Frau voller Begeisterung, »stell dir vor, es gibt ganz wunderbare Neuigkeiten. Deine Mutter hat zwei Plätze für das Candle-Light-Dinner in Haus Landeck gewonnen. Kann ich sie dazu bitte persönlich sprechen?«

»Tut mir leid«, meine Stimme war nur ein Krächzen, »meine Mutter kommt erst heute Nachmittag zurück.«

»Gut«, rief die Frau. »Dann melde ich mich später erneut. Sobald deine Mutter nach Hause kommt, sag ihr unbedingt, sie soll mich anrufen.« Sie rasselte eine Direktdurchwahl herunter. »Wir haben keine Zeit zu verlieren, heute um 24 Uhr werden die Karten für das Candle-Light-Dinner fest vergeben. Bis später dann«, rief sie und legte auf.

Sina sah mich ungläubig an. »Sag nicht, dass wir gewonnen haben?«, rief sie mit großen Augen.

Ich nickte stumm und schluckte. Irgendwie war mein Hals viel zu eng.

»Was hast du denn?«

Ich schluckte erneut. »Wenn die Frau von Candle-Light-Dinner heute Nachmittag Mama anruft, dann fliegt alles auf.« Ich räusperte mich. »Als wir heimlich unsere Eltern angemeldet haben, habe ich nicht die Sekunde darüber nachgedacht, *wie* ich das Mama erkläre, wenn sie einen der wenigen Plätze gewinnt. Und Michel den zweiten.« Ich schnappte nach Luft. »Und die hundert Euro, die es kostet, haben wir auch noch nicht.« Ich fuhr mir durch die Haare.

»Stimmt«, sagte Sina ernst. Sie überlegte. »Und – was machen wir jetzt?«

Das wusste ich auch nicht. Mein Kopf war wie leer gefegt. Sollte ich bei Candle-Light-Dinner anrufen und sagen, dass ich heimlich meine Mutter angemeldet hatte? Allein die Vorstellung war mir so peinlich, dass ich das nie schaffen würde. Mir musste unbedingt etwas einfallen. Nur was? Dann fiel mein Blick auf das schnurlose Telefon. »Wir müssen das Candle-Light-Dinner canceln. Ganz unauffällig. Niemand darf hier anrufen und man darf das Telefon heute einfach nicht mehr hören«, sagte ich wild entschlossen und stopfte es in meine Sockenschublade. Wir riefen vom Handy aus unsere Nummer an und das Klingeln hörte man viel zu deutlich. Dann überlegten wir, die Batterien aus dem schnurlosen Telefon zu nehmen und es so lahmzulegen. Aber leider stand in der Gebrauchsanweisung, dass die Ortungsfunktion immer erhalten bliebe. Zu guter Letzt fiel mir nur eines ein: Das Telefon musste aus unserer Wohnung verschwinden.

Es gab nur einen Weg. Ich hielt es meiner ABF hin. »Bitte, Sina«, sagte ich, »du hast es einfach versehentlich in deine Schultasche gepackt, als wir gemeinsam Hausaufgaben machten«, schlug ich ihr vor. »Wenn du deine Schultasche nicht entrümpelst, kann unser Telefon dort bis zu den Weihnachtsferien liegen.«

»Meinst du nicht, deine Mutter muss dann ein neues kaufen?«, fragte Sina besorgt. Aber weil uns nichts Besseres einfiel, nahm sie dann am späten Nachmittag das Telefon mit.

Später an diesem Abend schellte es an unserer Haustür. Michel stand davor. »Sie glauben ja gar nicht, wie peinlich mir das ist«, sagte er zerknirscht und zog das schnurlose Telefon aus seiner Manteltasche. »Sina hat es wohl ganz in Gedanken in ihre Schultasche gepackt. Das muss wohl die Pubertät sein. Wenn mir nicht ihre Schultasche umgefallen wäre, hätte ich es gar nicht gefunden.«

Mama lachte nur. »Kommen Sie doch herein«, sagte sie. »Ich habe gerade Tee aufgesetzt. Trinken Sie eine Tasse mit?« Michel nahm an. Die beiden saßen im Wohnzimmer und lachten oft, während ich auf der Lauer lag und hoffte, dass die Frau von Candle-Light-Dinner nicht anrufen würde. Was sie zum Glück nicht tat, sonst hätte sie die beiden ahnungslosen Anwärter für das Candle-Light-Dinner gleich auf einem Fleck gehabt. Aber erst später, als ich im Bett lag, fiel mir ein, dass unser schnurloses Telefon Mama und Michel ein weiteres Treffen beschert hatte. Aber änderte das etwas?

Am nächsten Morgen meinte Sina: »Grete, gleich nach der Schule machen wir unsere Weihnachtseinkäufe«, rief sie, als es zur ersten Stunde gongte und wir uns im Gedränge durch die Pausenhalle schoben. »Da wir das Geld nicht mehr für das Candle-Light-Dinner brauchen, können wir uns noch etwas im Schwesternlook aussuchen, damit wir fest daran glauben, dass unser …«, sie sah mich bedeutungsvoll an, »Weihnachtswunder noch in Erfüllung geht!«

Ich war mir nicht so sicher, ob ich daran noch glauben sollte. Ob aus Mama und Michel noch ein verliebtes Paar werden würde? Bei der ersten Begegnung hatten sie sich gestritten, auf dem Weihnachtsmarkt war Mamas Handtasche geklaut worden, dann hatten sie sich auf der Polizeiwache wiedergesehen und der gemeinsame Rodelausflug war nicht so gelaufen, wie wir gehofft hatten.

»Wie war es denn gestern Abend, als mein Vater euer Telefon zurückgebracht hat?«, fragte Sina ganz so, als ob sie meine Gedanken gelesen hätte.

Daran hatte ich gar nicht gedacht. »Da haben sie zusammen einen Tee getrunken und oft gelacht«, wisperte ich Sina zu, als wir im Gedränge zu unserer Klasse liefen. Ich wich zwei Fünftklässlern aus, die sich gegenseitig jagten.

Sina nickte zufrieden. »Als Paps nach Hause kam, hat er vergnügt gesummt«, berichtete sie und fügte hinzu: »Das hat er schon lange nicht mehr gemacht.«

»Mama war auch richtig gut drauf«, verriet ich, während wir die Treppen zu unserer Klasse im zweiten Stock hochstiegen. »Es ist eine Schande, dass sie nicht unseren Weihnachtswunsch erfüllen und mit uns in die Berghütte fahren.«

Sina nickte. »Wir dürfen trotzdem nicht aufgeben«, sagte sie, als wir in unsere Klasse kamen. Paul, der zwei Plätze neben mir saß, bekam rote Wangen, als Sina an ihm vorbeiging. Nach der letzten Chorprobe vor unserem Auftritt hatten wir schulfrei. »Komm, jetzt gehen wir in die Stadt«, rief Sina gut gelaunt und hakte sich bei mir ein. Die Einkaufsstraße war voller Menschen und im Gedränge ließen wir uns bis zur Zoohandlung schieben. Dort besorgten wir einen Kauknochen für McSniff. Sein Weihnachtsgeschenk war das Einfachste von allen. Lange suchten wir nach etwas für unsere Eltern, das nicht zu teuer, aber trotzdem originell war.

Wir schlenderten entlang der Schaufenster, die in Rot und Gold gehalten waren, und fanden schließlich zwei

Teetassen, eine in Rotkariert, die andere in Blaukariert. Sie erinnerten uns an die Bettwäsche in der Berghütte, die wir für unsere Wunschzettel ausgesucht hatten. Dann kauften wir noch eine Rolle Geschenkpapier mit kleinen roten Elchen und bummelten weiter.

Vor einem Schaufenster standen viele Leute mit Kindern. Auch wir blieben stehen und schauten hinein. Dort waren lauter unterschiedliche Teddybären zu einer Krippenszenerie nachgestellt. Vor dem Stall wachten die Hirtenbären bei weißen Schäfchen, die mich an die bei Oma und Opa auf Juist erinnerten. »Siehst du die Schafherde«, sagte ich zu Sina, »meine Großeltern haben auch eine. Sie kennen wirklich jedes ihrer Schafe beim Namen, obwohl sie für mich alle völlig gleich aussehen. Den Einzigen, den ich aus ihrer Herde sicher erkenne, ist der Schafbock, der hat nämlich Hörner.«

Sina lachte. »Hoffentlich nimmt er dich nicht auf die Hörner.« Sie pikste mich mit ausgestreckten Zeigefingern. Dann zeigte sie auf die Engelteddybären mit Tüllflügeln, die über der Krippe schwebten. »Sind die nicht süß?«

Mich erinnerten sie mit einem Schlag daran, dass Sina und ich morgen als Engel verkleidet beim Konzert unseres Chors vor der ganzen Schule und allen Eltern singen würden. Wenn ich nur daran dachte, bekam ich schon Lampenfieber und das Gefühl, vor lauter Aufregung kein Wort herausbringen zu können. »Komm, lass uns weitergehen«, sagte ich.

Dann zog Sina mich in einen Modeladen. Die warme Klimaanlagenluft pustete uns entgegen. Moderne Weihnachtsmusik wurde gespielt und vor den Umkleiden bildeten sich lange Schlangen. Auf einem reduzierten Ständer fanden wir zwei langärmelige T-Shirts im Schwesternlook. Wir kauften sie und kamen aus dem Laden, als mir der Atem stockte.

Genau vor uns liefen Mama und Udo über den Bürgersteig. Mich traf es wie ein Schlag. Wieso ging Mama mit dem falschen Mann aus? Immerhin hatte sie gestern Abend noch mit Michel einen Tee getrunken. Michel hatte sich am Wochenende am Rodelhang um ihre Sicherheit gesorgt, nicht Udo.

Udo winkte uns zu: »Hallo, ihr beiden«, rief er gut gelaunt, ganz so, als würde er nicht unser Weihnachtswunder vernichten.

»Hallo«, sagte ich lahm. Sina brachte kein einziges Wort heraus, so entsetzt war sie. Die anderen Fußgänger schoben sich um uns herum.

»Ist das voll heute in der Stadt«, sagte Udo, wie um das Schweigen zu brechen.

Genau, dachte ich. *Viel zu voll. Aber hier ist eine Person, die sofort und auf der Stelle verschwinden könnte. Man nennt ihn auch den Waldschrat.*

Wieso musste Udo mit Mama einkaufen gehen? Hatten sie vielleicht sogar Händchen gehalten, bevor wir sie entdeckt hatten? Würde Mama Udo sogar am Heiligabend zu unserer Bescherung einladen? Und würde er, der Gedanke war der schrecklichste, demnächst bei uns übernachten? Ich fasste Sinas Hand und stieß »Wir müssen los, tschüss« hervor und dann drängten wir uns durch die Fußgänger, die uns entgegenkamen, als seien wir auf der Flucht.

17

Das Klingeln meines Handys schreckte mich auf. Mir kam es so vor, als sei es mitten in der Nacht. Es war noch stockfinster. Schlaftrunken hielt ich es mir ans Ohr: »Wer weckt mich?«, rief ich und gähnte.

»Grete«, hörte ich die Stimme meiner ABF, die schon hellwach zu sein schien, »heute ist der letzte Tag, an dem sich unsere Eltern in der Schule nach dem Konzert sehen werden. Wenn überhaupt! Die Aula wird voll sein. Wir müssen etwas unternehmen, sonst …« Sie zögerte einen Moment, dann sagte sie es: »… sonst war es das mit unserem Weihnachtswunder.«

Ich setzte mich im Bett auf. Schlechte Nachrichten konnte ich so gar nicht gebrauchen, zum Wachwerden schon überhaupt nicht. Ich seufzte. Aber meine ABF hatte ohne Frage recht. Ich strich mir meine vom Schlaf zerzausten Haare zurück. »Was sollen wir machen?«, fragte ich.

»Das frage ich dich«, rief Sina in den Hörer. »Wenn uns nicht bald etwas Geniales einfällt, dann wünschen sie sich nach dem Konzert frohe Weihnachten und das war's dann.«

Die Vorstellung war schrecklich, und das Allerschlimmste: Sie war ziemlich realistisch. Mir schossen lauter verrückte Ideen durch den Kopf. »Wie ist das?«, fragte ich, während ich meine Bettdecke zurückschlug. »Michel kommt als Überraschungsgast auf die Bühne, und er bringt Mama ein Ständchen, woraufhin sie so gerührt ist, dass sie ihm vor der versammelten Schule in die Arme sinken wird.«

»Das ist ganz wunderhübsch«, tönte Sinas Stimme aus dem Hörer, »es ist nur so, dass mein Vater bestenfalls in der Dusche singt, aber nie vor fremden Leuten.«

Ich zog mir meinen Bademantel und dicke Socken an und setzte mich an meinen Schreibtisch. »Gut, dann müssen wir einen falschen Feueralarm auslösen«, sagte ich und drückte mit dem Bleistift den Schalter meiner Schreibtischlampe an. »Michel denkt dann, es gibt eine echte Gefahr, aus der er meine Mutter retten muss.« Ich stellte mir vor, wie Michel Mama im Flackern der roten Feueralarmlampen auf seine Arme nehmen und sie aus der vermeintlichen Gefahr tragen würde. »Na, wie ist das?«, fragte ich meine ABF, während ich kleine Herzen auf ein Blatt Papier kritzelte.

»Das ist ganz großartig, wenn man von der Schule fliegen will«, meldete Sina nüchtern. »Ansonsten sollte man *keinen* Fehlalarm in der voll besetzten Aula auslösen.«

Es war wirklich nicht einfach, meine ABF heute Morgen von etwas zu begeistern. Aber ich versuchte es erneut. »Ich hab's. Wir müssen einen Liebesbrief fälschen, in dem meine Mutter Michel ihre Liebe gesteht. Den stecken wir unbemerkt Michel zu, woraufhin er ihn liest und ihr seine Gefühle gesteht.«

»Grete.« Sinas Stimme klang so, als ob sie gleich die Geduld verlieren würde. »Wer sollte uns den Liebesbrief denn schreiben?«, wollte sie wissen. »Deine und meine Handschrift sind so was von anders als die deiner Mutter. Auf den Trick fällt mein Vater niemals rein.«

Ich zuckte die Schultern. »Dann müssen wir den Liebesbrief eben auf dem Laptop tippen und für ihn ausdrucken«, sagte ich. So würde es auch gleich viel leserlicher sein als in Mamas Handschrift.

Aber meine ABF überzeugte das auch nicht. »Niemand, wirklich niemand, schickt einen getippten Liebesbrief, das ist völlig unpersönlich«, wandte sie ein, und ihre Stimme klang genervt.

»Also gut«, rief ich, »ich bringe hier immerhin einen Vorschlag nach dem anderen und was machst du? Du machst einfach alles nur runter. Dann sag du doch mal, was dir einfällt.«

Sina seufzte traurig. »Das ist es ja gerade, mir fällt nichts mehr ein. Darum rufe ich dich ja auch um 6 Uhr früh an.«

Da hatte ich auch das Gefühl, dass unser Weihnachtswunder nicht mehr zu retten war. Aber schließlich fiel mir etwas ein. »Sina, hast du noch diese beiden roten Herzanhänger?«

»Ja«, ihre Stimme klang verlegen, »warum fragst du?«

»Das ist der Plan: Während wir nach dem Konzert zusammenstehen, lenke ich unsere Eltern ab. Dann schmuggelst du einen der Herzanhänger in die Manteltasche meiner Mutter und einen in die Manteltasche deines Vaters.« Ich stellte mir vor, wie überrascht Mama gucken würde, wenn sie in ihre Manteltasche greifen und darin plötzlich ein Herz finden würde. Bestimmt würde sie daraufhin verliebt Sinas Vater ansehen.

»Grete«, rief Sina aufgeregt, »das ist eine geniale Idee. So werden unsere Eltern vermuten, dass der andere ihnen den Herzanhänger zugesteckt hat. Ist das romantisch. So machen wir das!«

Das freute mich wirklich, dass Sina von meiner Idee überzeugt war. »Dabei kann auch gar nichts mehr schiefgehen«, versicherte ich ihr. Aber die Tücke steckt leider immer im Detail. Und vorher mussten wir noch unseren Chorauftritt schaffen. Wenn ich nur daran dachte, fühlte ich mich richtig krank. Aber jetzt gab es kein Zurück mehr.

Drei Stunden später standen Sina und ich als Engel in der voll besetzten Aula. Die Scheinwerfer blendeten mich, und ich konnte gar nicht sehen, wo Mama saß.

Dann gab unser Musiklehrer den Einsatz. Ich war sicher, dass ich vor Nervosität kein einziges Wort herausbringen würde, aber dann sang ich das ganze erste Lied ohne größere Fehler. Wir bekamen einen dicken Applaus und stimmten das zweite Lied an. Ich schaute über die langen Stuhlreihen in der Aula. Würde unser Plan funktionieren? Würden Mama und Michel von den Weihnachtsliedern so ergriffen sein, wie wir es insgeheim erhofften?

Der Applaus brandete auf. Schon gab unser Musiklehrer den nächsten Einsatz. Von da an lief es wie von selbst, und als wir uns zum Abschluss verbeugten, bekamen wir einen tosenden Applaus. Alle Chormitglieder fassten sich an den Händen und verbeugten sich tief vor dem Publikum. Ich war so froh, dass ich es geschafft hatte, dass ich am liebsten in die Luft gesprungen wäre. Auch Sina strahlte vor Begeisterung. Ihre dunkelroten Haare leuchteten in dem Scheinwerferlicht und ihre zarten, durchsichtigen Engelflügel gaben ihr etwas Festliches. Das Publikum klatschte immer noch, unser Musiklehrer gab uns ein Zeichen, hintereinander liefen wir von der Bühne.

Im Musikraum herrschte ein Durcheinander. Alle sprachen durcheinander, lachten und die Chormitglieder umarmten sich gegenseitig. Sina und ich legten unsere Engelflügel ab und nahmen unsere Winterjacken von dem Tisch, auf dem sie gelegen hatten. Sina fasste vorsichtig in ihre Jackentasche und nickte. »Die Herzen sind startklar«, flüsterte sie. »Du musst unsere Eltern unbedingt ablenken, sonst schaffe ich das nicht, die Herzen in ihre Manteltaschen zu schmuggeln.«

Ich nickte. Was ich genau machen würde, hatte ich mir noch nicht überlegt. »Ach, da wird mir schon etwas einfallen«, sagte ich und wollte ins Foyer gehen. Aber Sina hielt mich am Ärmel fest.

»Du versprichst mir, dass du nicht den Feuermelder drückst.«

Ich sah sie sprachlos an. »Du denkst doch nicht wirklich, dass ich …«

»Dass du es nur weißt. Ich will nämlich nicht ohne dich in die Schule gehen«, rief Sina. »Also ablenken, aber nicht zu doll.« Wir trennten uns im Foyer und machten uns in dem Gewimmel von Eltern und Schülern auf die Suche nach unseren Eltern und staunten nicht schlecht: Mama und Michel standen gemeinsam im Foyer.

Sina duckte sich hinter einige Oberstufenschüler und hielt mich zurück. »Sollen wir sie noch ein bisschen alleine lassen?«, fragte sie. »Vielleicht sind sie von den Liedern so ergriffen, dass sie …« Michel schaute auf seine Armbanduhr. So ganz verliebt sah das leider nicht aus. »Mein Vater muss gleich noch in die Firma«, sagte Sina. »Lassen wir ihnen doch noch etwas Zeit zusammen.«

Ich nickte. Mama erzählte etwas und strich ihre Haare zurück. Michel lachte. Hinter den Oberstüflern versteckt kam ich mir vor wie beim Tierebeobachten im Zoo.

»Sie lachen zusammen«, stellte Sina fest, als ob ich das

nicht selbst sehen könnte. In dem Moment sagte eine Männerstimme hinter uns. »Hi, ihr zwei.« Wir wirbelten herum, und vor uns stand Udo, der Waldschrat. »Respekt«, sagte er, »ihr habt wirklich toll gesungen. Meine Tochter würde sich das nicht trauen.«

Wir murmelten ein Dankeschön, während Udo sich umblickte. »Da vorne steht deine Mutter«, sagte er zu mir, als würde er mir etwas Neues berichten. »Ich gehe mal zu ihr, denn ich wollte ihr noch frohe Weihnachten wünschen.« Udo schob sich durch die Menge zu Mama und Michel.

»Nichts wie ihm nach«, wisperte ich Sina zu. Wir drängten uns hinter Udo her und erreichten mit ihm unsere Eltern. »Bravo«, sagte Michel, »das war ganz großartig«, und er klopfte uns anerkennend auf die Schultern. Udo nickte zustimmend.

»Meinen Glückwunsch«, rief auch Mama, die zwischen den beiden Männern stand. Sie umarmte mich und danach Sina. Meine ABF legte einen Arm um meine Mutter, während sie mit der anderen Hand in ihre Jackentasche griff. Unbemerkt ließ sie eines der Herzen in Mamas Manteltasche gleiten. Eines war geschafft.

Jetzt musste ich alle ablenken, damit sie unbemerkt das andere Herz in Michels Manteltasche bekommen konnte. Aber mit einem Mal war mein Kopf wie leergefegt, mir fiel nichts ein. Sina warf mir einen Blick zu, der sagte: *Na los, jetzt mach schon.*

Nur was?, dachte ich. Früher waren die Frauen in Ohnmacht gefallen, aber dazu gab es hier in dem vollen Foyer nicht genug Platz und das traute ich mich auch nicht. Oder sollte ich einen Hustenanfall vortäuschen? Das würde Mama mir nie glauben.

»Antje, auf frohe Weihnachten«, tönte Udo laut. »Danke auch für deine Christkindhilfe. Ohne dich hätte ich gestern nicht das Richtige für meine Tochter gefunden.«

Sag das noch mal, hätte ich am liebsten gerufen. Udo war gestern nicht mit Mama ausgegangen. Sie hatte ihm geholfen, ein Weihnachtsgeschenk zu finden! Es war gar keine Verabredung gewesen.

Mama nickte. »Aber klar doch, das habe ich gerne gemacht.« Jemand schubste sie im Vorbeigehen und sie stolperte gegen Udo. Mama fasste mit der Hand in ihre Manteltasche und holte den roten Herzanhänger hervor. »Aber, Udo«, stammelte sie. Einen kurzen Moment lang fürchtete ich, sie würde Udo zum Dank für das Herz umarmen. Aber er gab ihr die Hand und sagte mit einem Blick auf Michel: »Ja, dann wünsche ich euch frohe Weihnachten.« Er winkte einem jungen Mädchen zu und sagte zu uns: »Meine Tochter wartete dahinten, ich muss los, tschüss.« Der Waldschrat verschwand in der Menge.

Jetzt musste ich unsere Eltern ablenken. Wie nur? Michel sah wieder auf seine Uhr. Ich hatte keine Zeit zu verlieren. Jeden Moment konnte er sich verabschieden.

»Wisst ihr, was ich schade finde?«, sagte ich in die Runde.

»Was denn?«, fragten Mama und Michel gleichzeitig.

Ich holte Luft. »Wir haben mit dem Chor nicht *Jingle Bells* gesungen, obwohl das so ein schönes Lied ist. Hört doch mal.« Und dann, es ist mir peinlich, das zu gestehen, fing ich mitten im Foyer an, laut das englische Weihnachtslied zu singen.

Mama sah mich mit einem ihrer besorgten Blicke an. Michel war so überrascht, dass Sina endlich dazu kam, das zweite Herz in seine Tasche sinken zu lassen. Die Oberstüfler stießen sich gegenseitig an und machten sich über mich lustig. Aber ich beendete die Strophe. Am liebsten wäre ich im Boden versunken.

Michel räusperte sich. »Ja, dann wünsche ich Ihnen eine schöne Zeit«, sagte er zu Mama und reichte ihr zum Abschied die Hand. »Ja, danke, Ihnen und Ihrer Familie auch«, erwiderte Mama höflich. Sie verabschiedeten sich, jetzt gleich würden sie auseinandergehen und sich Ewigkeiten nicht mehr sehen. Ich hatte keine Idee, wie ich das verhindern könnte. Da bahnte sich Henry vor mir einen Weg durch das Foyer. »Denk an das Netz«, wisperte er mir im Vorbeigehen zu.

Plötzlich fiel es mir schlagartig ein. »Mama«, sagte ich laut, »wann kann ich meinen Gutschein von Nikolaus einlösen?«

»Das ist ja spiegelglatt«, rief Mama entsetzt, als wir am Samstagabend aus dem Haus auf die Straße traten. Sie hielt sich an dem Laternenmast vor unserem Haus fest und blickte zur Bushaltestelle auf der anderen Straßenseite hinüber. »Ich weiß gar nicht, ob die Busse überhaupt noch fahren und ob wir bis zur Schlittschuhbahn kommen«, sagte Mama besorgt. »Vielleicht sollte ich lieber Michel absagen?« Schon zog sie ihr Handy aus der Jackentasche.

»Ach, Mama, das klappt doch locker«, rief ich so überzeugend wie möglich, während ich meine Mutter am Arm nahm, um mit ihr über die spiegelglatte Straße zur Bushaltestelle zu schliddern. Glatteis hin oder her – unbedingt musste ich Mama heute Abend zur Schlittschuhbahn kriegen. Denn ich wusste, dass Sina alles daran setzen würde, um ihren Vater heute Abend auch dorthin zu bekommen. Nur um unseren Eltern einen romantischen Abend auf dem Eis zu bescheren, hatte ich mir das Schlittschuhfahren von meinem Nikolausgutschein gewünscht. Das musste klappen, da durfte jetzt nichts mehr dazwischenkommen.

Wir standen im Dunkeln an der Bushaltestelle und der Bus kam und kam nicht. Mama warf einen Blick auf ihre Uhr. »Vielleicht sollte ich jetzt doch Michel absagen«, meinte sie, »sonst müssen die beiden wieder ewig auf uns warten.« In dem Moment sah ich am Ende der Straße die Scheinwerfer von dem Bus aufleuchten. »Schau, da kommt unser Bus ja, Mama«, rief ich und trat an den Bürgersteig vor. Wie um Mama zu zeigen, dass wir selbstverständlich zu der Schlittschuhbahn fahren würden.

»Ich weiß nicht«, sagte meine Mutter zögerlich, als sie mir folgte, »ob das eine gute Idee ist.« Wir stiegen in den Bus und setzten uns auf einen Zweiersitz. Die Luft im Bus war so warm, dass die Fenster beschlagen waren und man draußen alles nur schemenhaft sah.

»Ich war mir ja sicher«, meine Mutter öffnete ihre Jacke, »dass du dir von deinem Nikolausgutschein eine Reitstunde wünschst. Dass du Schlittschuh fahren willst, das ist ja mal etwas ganz Neues.« Ich nickte und wischte ein Guckloch in der beschlagenen Scheibe frei. »Schlittschuhfahren will ich schon ewig«, behauptete ich. »Schau mal, dort hinten sieht man schon die Schlittschuhbahn!«

Mama beugte sich vor und schaute dadurch hinaus. »Ist es da, wo die vielen beleuchteten Bäume sind? Das sieht ja wunderschön aus.«

»Das ist es«, sagte ich zufrieden, als der Bus in die

Haltestelle vor der Schlittschuhbahn einbog und bremste. Doch auf dem Glatteis brach plötzlich das Heck des Busses hinten aus. Mama schrie laut auf und hielt mich fest. Gleichzeitig rammte der Bus laut scheppernd einige Mülltonnen um, die dort am Straßenrand standen. Der Bus rutschte auf das Schild der Bushaltestelle zu. In letzter Minute lenkte der Busfahrer den Bus um, sonst hätte er das Bushaltestellenschild gerammt. Dann kam der Bus zum Stillstand. Zischend öffneten sich die Türen. Mama hielt immer noch meinen Arm fest, als wir nebeneinander ausstiegen. Sie strich sich die Haare zurück und meinte: »Das war genug Schlitterpartie für den Rest des Jahres«, und sie wollte zuerst keine Schlittschuhe ausleihen.

Doch Michel und Sina warteten bereits in der Schlittschuhbahn auf uns. »Sehen Sie sich das an, die Schlittschuhe sind TÜV-geprüft«, rief Michel begeistert und deutete auf das Prüfsiegel auf den Kufen, »sicherer können Sie sich gar nicht aufs Eis wagen.«

Da ließ Mama sich überreden. In unseren geliehenen Schlittschuhen staksten wir über eine Gummimatte zur Eisfläche. »Ich habe noch nie auf Schlittschuhen gestanden«, sagte Sina nervös, und sie schielte nach den Pinguinen mit seitlichen Haltegriffen, die kleine Kinder vor sich auf dem Eis herschoben. Weihnachtslieder tönten aus den Lautsprechern und am Rand der Eisfläche stand ein großer geschmückter Tannenbaum, der in der Dunkelheit funkelte. Romantischer ging es kaum.

Mit einer Ausnahme: Nur Michel war als Einziger von uns schon zuvor Schlittschuh gelaufen. Mama, Sina und ich hatten keine Ahnung, wie man das machte.

»Es geht wie beim Inlinerfahren«, sagte uns ein Mann von der Eislaufbahn, ihr müsst leicht in die Knie gehen, einen Fuß nach vorne schieben und den anderen im Halbkreis davorsetzen.«

Das probierten Sina und ich und wir glitten nur so über das Eis. Aber dann kam die Bande näher. »Wie muss ich bremsen?«, schrie Sina panisch, während sie immer näher auf die Bande zurutschte und sich schließlich daran festhielt.

Ich musste plötzlich einem kleinen Kind auf der Eislaufbahn ausweichen, verlor das Gleichgewicht und fiel der Länge nach hin. Als ich mich aufrichten wollte, rutschte ich immer wieder aus, bis schließlich Michel vorbeigefahren kam und mir wie einer alten Oma aufhalf. Da wünschte ich mir wirklich, ich hätte mir eine Reitstunde von meinem Nikolausgutschein gewünscht. Ich sah mich zwischen den vielen Schlittschuhläufern um. Zum Glück waren keine Leute aus meiner Klasse da.

»Guck mal, Grete«, rief Sina, die an mir vorbeifuhr, »das ist gar nicht schwer.« Im nächsten Moment fiel sie nach hinten und landete mit ihrem Po auf dem Eis. »Oder doch nicht«, rief sie lachend und rappelte sich auf.

Mama fuhr ganz vorsichtig entlang der Bande, an der

sie sich immer festhielt, wenn sie abbremsen wollte, während eine Gruppe von Jugendlichen hintereinander eine lange Kette auf dem Eis bildeten.

Dann fuhren Sina und ich nebeneinander. *Last Christmas I gave you my heart*, spielte die Musik, und meine ABF fasste meinen Arm. »Grete«, sagte sie ernst, »wir müssen was unternehmen, sonst fahren unsere Eltern den ganzen Abend nur für sich.«

»Aha«, sagte ich, »und an was hast du da gedacht?«

»Ist doch klar.« Grete fuhr an Mama vorbei, bevor sie weitersprach. »Wir müssen sie zueinanderschieben, eindeutig.« Das klang wirklich einfach, doch als ich mich hinter Mama stellte und sie in Michels Richtung über das Eis schob, knickte Mama um und stürzte. Sie stöhnte laut auf und wurde ganz blass.

Michel war sofort bei ihr und brachte sie von der Eisfläche. Auf den Bänken hinter der Bande zog Mama ihren Schlittschuhstiefel aus. Ihr Knöchel schwoll an. Mein schlechtes Gewissen auch.

»Mama, das tut mir so leid«, rief ich, »ich wollte doch nicht, dass du dir wehtust.«

Meine Mutter nickte mit schmerzverzerrtem Gesicht. »Ich hatte mal einen Bänderriss und knicke seitdem schneller um«, sagte sie.

»Dann müssen Sie zum Röntgen ins Krankenhaus.« Michel stand auf und nahm Mama auf den Arm. Wenn sie nicht gerade ins Krankenhaus gemusst hätte, wäre es superromantisch gewesen. Mama protestierte nur ein bisschen und ließ sich von Michel zu seinem Auto tragen.

Unsere Eltern setzten uns bei Sina zu Hause ab und fuhren dann ins Krankenhaus weiter. Würde Mama dort bleiben und operiert werden müssen?

Abends um 22 Uhr ging bei Sina das Telefon. Sina und ich stürzten an den Apparat. »Hört mal«, sagte Michel, »wir sitzen hier noch in der Notfallambulanz. Heute scheinen jede Menge Unfälle bei dem Glatteis passiert zu sein. Es wird noch dauern, bis wir zurück sind. Macht euch keine Sorgen.«

»Alles klar, Papa«, sagte Sina. »Ihr braucht euch auch keine Sorgen zu machen. Wir haben schon McSniff gefüttert.«

»Alles Gute für Mama«, rief ich in den Hörer. »Danke«, sagte Michel, und dann legte er auf.

Sina und ich machten uns etwas zu essen, und als wir McSniff sahen, der schnarchend auf dem Wohnzimmerteppich schlief, kam uns eine Idee!

Meine ABF gab mir einen ihrer Schlafanzüge. Dann holte sie ein zweites Kopfkissen und ihren Schlafsack aus der Abstellkammer. Zu zweit kletterten wir in ihr breites Himmelbett und wir quatschten über alles, was wichtig war, bis wir spät abends den Schlüssel in der Haustür hörten. Sofort legten wir uns in die Kissen und zogen die Decke und den Schlafsack bis zum Kinn.

McSniff, der vor Sinas Bett gelegen hatte, sprang auf und lief zur Tür.

»Na, mein Guter«, hörte ich die Stimme meiner Mutter. »Wo sind denn die Kinder?«

»Komm, ich bring dich mal aufs Sofa, dass du deinen Fuß hochlegen kannst«, sagte Michel fürsorglich. »Ich hol dir noch ein Kühlpack und dann schaue ich nach den Kindern.« Seine Schritte gingen in die Küche, der Kühlschrank wurde geöffnet, etwas wurde herausgenommen, dann ging er ins Wohnzimmer zurück.

Ich stupste Sina an. »Sie duzen sich«, wisperte ich so leise ich nur konnte.

»Denkst du, ich bin taub?«, gab Sina im Flüsterton zurück. »Jetzt trägt Paps deine Mutter ins Wohnzimmer.« Es kribbelte in mir, wenn ich mir das nur vorstellte. Ob wir jetzt am Ziel unserer Wünsche waren?

»Wie ist es mit den Schmerzen im Knöchel?«, fragte Michel meine Mutter, nachdem er sie im Wohnzimmer auf das Sofa gesetzt hatte.

»Jetzt geht es wieder«, hörte ich meine Mutter, »aber als ich auf dem Eis umgeknickt bin, war mir richtig schlecht vor Schmerzen.«

»Wie der Arzt eben gesagt hat, so eine Verstauchung tut mehr weh als ein Bruch«, erwiderte Michel. »Du musst dich jetzt schonen, Antje, und deinen Fuß möglichst wenig belasten.« Michel stand auf. »Ich sehe jetzt mal nach den Kindern.«

Sina und ich stießen uns an. Jetzt durften wir keinen Fehler machen. Wir schlossen die Augen und atmeten so ruhig und gleichmäßig wie möglich und stellten uns schlafend, so wie wir uns das vorgenommen hatten. Aber das war nicht so leicht, wie es klang. Die ganze Zeit juckte meine Nasenspitze ganz furchtbar, und ich musste meinen ganzen Willen aufbieten, um nicht daran zu kratzen. Dann wurde die Tür zu Sinas Zimmer leise weiter geöffnet. Michel trat an ihr Bett. Würde er uns entlarven? Einatmen und ausatmen, sagte ich mir selbst immer wieder, nicht an die juckende Nasenspitze denken.

Michel blieb einen kleinen Moment neben dem Bett stehen, dann ging er ins Wohnzimmer zurück. »Stell dir vor, die beiden schlafen tief und fest«, sagte er zu meiner Mutter. »Ich konnte es im Halbdunkel nicht so genau sehen, aber ich glaube, Grete hat einen Schlafanzug von Sina an.«

»Oh.« Mamas Stimme klang überrascht. »Wenn sie sonst zusammen bei uns übernachten, dann quatschen sie bis in den frühen Morgen.«

»Stimmt, aber jetzt schlafen alle beide tief und fest«, sagte Michel. »Wenn du willst, dann wecke ich Grete und bringe euch nach Hause. Aber du kannst gerne hier bei uns übernachten, Antje. Dann müsstest du auch nicht mehr alle Treppen zu euch in den vierten Stock hinaufgehen.«

Sina und ich hielten den Atem an. Würde meine

Mutter zusagen? Würden wir alle gemeinsam eine Nacht bei den Morgens verbringen? Sie sagte das, was Erwachsene immer sagen. »Ich will dir aber keine Umstände machen.«

»Ach, das macht doch keine Umstände.« Michel klang sehr überzeugend.

Meine Mutter war noch es nicht. »Wirklich nicht? Nicht dass du die ganze Bettwäsche waschen musst.«

»Ich habe ab Montag Urlaub, das macht mir wirklich nichts«, hörten wir Michels dunkle Stimme aus dem Wohnzimmer.

»Also gut«, sagte meine Mutter, »dann bleibe ich gerne.« Sina und ich hätten am liebsten laut gekreischt, so sehr freuten wir uns. Ich versuchte mich zu bremsen, es ist ja nur eine Nacht, morgen gehen Mama und ich wieder nach Hause. Aber etwas kam dazwischen!

»Hast du das gesehen?«, wollte Sina am nächsten Morgen von mir wissen, als wir in der Küche Teller, Marmelade und Butter für das Frühstück auf das Tablett stellten.

Wie hätte ich es übersehen können? Michel hatte eben in der Küche eine Tasse Cappuccino gemacht und trug sie nun ins Wohnzimmer. Nachts hatte Mama auf dem Sofa geschlafen und nun lag sie dort mit hochgelegtem Knöchel. Sie nahm die Tasse an und bedankte sich lächelnd bei ihm. So friedlich hatten wir unsere Eltern noch nie zusammen erlebt. Ob das wohl etwas zu bedeuten hatte?

»Vielleicht hat es gestern ja zwischen den beiden gefunkt?«, wisperte ich und wollte das Nutella-Glas auf das Frühstückstablett stellen. Doch vor Aufregung waren meine Finger so schwitzig, dass mir das Glas abrutschte und aufs Tablett knallte. Die Teller klirrten.

Sina warf einen Blick ins Wohnzimmer, wo Michel nun die vier roten Kerzen auf dem Adventskranz auf dem Esstisch anzündete. »Immerhin haben sich die beiden gestern nicht wegen der Weihnachtsbeleuchtung angezickt«, meinte sie und goss Milch in zwei Tassen. Dann rührte sie Kakaopulver hinein, aber plötzlich stoppte sie damit so plötzlich, dass die Milch überschwappte. »Oder tut deiner Mutter nur der Knöchel so weh, dass ihr nicht mehr zum Streiten zumute ist?«

»Ach was!«, sagte ich, obwohl ich mir da auch nicht so sicher war. »Vielleicht hat unser Weihnachtswunder schon angefangen und wir wissen es noch nicht.«

Sina sah mich an. »Meinst du wirklich?«, wisperte sie. Dann strahlte sie übers ganze Gesicht. »Vielleicht bleibt ihr noch so lange bei uns, dass wir gemeinsam unseren Weihnachtsbaum aussuchen und schmücken können, und vielleicht…«, Sina strahlte mich an, »feiern wir dann sogar zusammen Weihnachten.«

»Das wäre meeeegagut«, rief ich und stellte mir schon vor, wie wir mit McSniff unter dem Weihnachtsbaum sitzen und Geschenke auspacken würden, während unsere Eltern aneinandergeschmiegt auf dem Sofa sitzen würden.

Ausgerechnet in diesem Moment hörte ich Mamas Stimme aus dem Wohnzimmer: »Michel, gleich nach dem Frühstück gehen Grete und ich wieder nach Hause. Wir wollen euch nicht noch länger stören.«

Sina und ich warfen uns einen enttäuschten Blick zu. Warum mussten die Erwachsenen nur immer alles ganz falsch entscheiden?

»Von Gehen kann nicht die Rede sein«, erwiderte Michel, der Tischsets auf den Esstisch legte, »du musst deinen Fuß schonen, Antje. Ich fahre euch nach Hause.«

Mama öffnete den Mund, um etwas zu sagen, als ihr Handy in ihrer Handtasche im Flur klingelte. Sie sprang mit einem Satz von dem Sofa auf, aber zuckte mit schmerzverzerrtem Gesicht zusammen. »Grete, kannst du schnell drangehen?«, rief sie.

Ich lief in den Flur, fischte das klingelnde Handy aus ihrer Handtasche und nahm das Gespräch an. »Hansen«, meldete ich mich.

»Bist du das, mien lüttje Wicht?« So nannte mich nur eine: meine Oma auf Juist.

»Ja, ich bin's. Hallo, Oma«, sagte ich verwundert, weil meine Großeltern nie auf dem Handy anriefen, höchstens in einem Notfall. Mein Herz schlug schneller. Etwas musste auf Juist passiert sein. »Ist alles in Ordnung bei euch?«

Oma seufzte. »Das wäre schön. Wir hatten heute Nacht einen schweren Sturm auf Juist und alle Schafe sind aus der Weide ausgebrochen und nun über die ganze Insel verstreut. Warte mal eben«, sagte sie zu mir, und ich hörte, dass bei Oma eine Tür geöffnet wurde. Sie sprach kurz mit jemandem, dann kam sie wieder ans Telefon. Ihre Stimme klang gehetzt. »Das war die Hilla aus dem Dorf. Herrijeget, unser Schafbock wurde an der Dorfkneipe gesichtet. Wo soll das noch hinführen?«, rief Oma und seufzte wieder. »Ich muss dort sofort nach dem Rechten sehen. Doch Opa und ich schaffen es nicht alleine, alle Schafe wieder einzufangen. Bitte sag deiner Mutter, dass wir dringend eure Hilfe brauchen.«

»Du, Oma, Mama ist gestern …« Aber weiter kam ich nicht.

»Tut mir leid, ich muss Schluss machen, moin.« Bevor ich etwas sagen konnte, hatte meine Oma schon aufgelegt.

Mama, die Omas Bericht nicht gehört hatte, sah mich besorgt an. Ich erzählte schnell, was auf Juist passiert war. Mama stand sofort auf und hüpfte auf einem Bein zur Garderobe in den Flur. »Ich muss nach Juist!«, sagte sie entschlossen. »Komm, Grete, beeil dich!«

»Aber, Mama«, rief ich, während ich ihr in den Flur folgte, »du hast deinen Knöchel verstaucht und kannst nicht auftreten. Wie willst du die ganzen Schafe einfangen?«

»Das ist ein Fall für McSniff!«, rief Sina mit vollster Überzeugung und stürmte auch in den Flur. »Als Hütehund kann er euch bestimmt helfen, eure Schafe wieder einzufangen.«

McSniff, der seinen Namen gehört hatte, hob in seinem Körbchen den Kopf und schaute auf, als wollte er sagen: »Leute, wo ist das Problem? Ich bin hier.«

Sina ging zu meiner Mutter herüber und nahm ihre Hand: »Bitte, Antje«, bat sie, »lass McSniff und mich mit nach Juist kommen. Wir würden euch so gerne helfen.«

»Danke, das ist ganz lieb gemeint, Sina«, erwiderte meine Mutter, »aber wir wissen noch gar nicht, wie lange wir dort bleiben müssen. Vielleicht bis nach Weihnachten und du musst doch Weihnachten zu Hause sein.« Sie bückte sich und zog vorsichtig ihren Winterstiefel über den verstauchten Fuß an. Trotzdem stöhnte meine Mutter. Ich sah, dass ihr das Schmerzen bereitete. Aber auf einer Socke konnte Mama ja nicht auf die Straße gehen.

Sie nahm ihre Winterjacke von dem Garderobenhaken. »Auf alle Fälle müssen wir jetzt sofort los. Ich muss auch unbedingt nachsehen, wann die nächste Fähre fährt.« Denn die Fähre nach Juist fuhr gezeitenabhängig. Ebbe und Flut diktierten den Fahrplan. Hastig griff Mama nach ihrer Jacke. »Grete, beeile dich bitte.«

Ich zog langsam meine Stiefel an. Sonst fuhr ich gerne zu meinen Großeltern, aber im Moment passte mir das gar nicht. Heute war alles so perfekt gewesen und schon mussten wir wieder weg. Es war wie verhext. Enttäuscht wickelte ich mir meinen Schal um den Hals und zog dann meine Winterjacke an.

Meine Mutter stand an der Tür und sah mich nachdenklich an. Als ob sie meine Enttäuschung bemerkt hatte, sagte sie: »Grete, ich muss dir noch etwas sagen.« Mama zögerte einen Moment, dann sprach sie weiter. »Es geht um dein Weihnachtsgeschenk. Ich habe über die Weihnachtstage ein Zimmer in der Berghütte vorgemerkt, die du so schön fandest.« Meine Mutter seufzte. »Entgegen aller ökologischen Überzeugungen.« Sie zuckte die Schultern. »Doch jetzt geht es nicht anders, das muss ich nun absagen. Opa und Oma brauchen uns auf Juist.«

Ich konnte es nicht glauben, Mama hätte tatsächlich meinen Weihnachtswunsch erfüllen wollen und nun das. War das ein Pech!

Michel, der an der Tür zum Wohnzimmer lehnte, räusperte sich. »Ich weiß nicht, wie ihr das seht. Aber eine Fahrt an die Küste zu viert ist doch ökologisch doppelt so vertretbar wie eine Fahrt zu zweit, oder?« Er schaute Mama an und fügte mit einem kleinen Grinsen hinzu: »Ich kann zwar kaum ein Schaf von einem Hütehund unterscheiden, werde aber mein Bestes geben.«

»Oh Wahnsinn, Papa«, jubelte Sina und umarmte mich, »dann fahren wir zusammen mit Antje und Grete nach Juist?«

»Unter einer Bedingung«, sagte Michel. »Ich muss zu Weihnachten wieder zu Hause zurück sein, um das traditionelle Gänseessen für Opa und Oma auszurichten, aber bis dahin werde ich so viele Schafe fangen, wie es geht.«

Der Rest ging im Jubel unter. Dann packten wir alle unsere Koffer.

Die Möwen kreischten, als die Fähre in den Hafen von Juist fuhr. Die paar wenigen Menschen, die an diesem trüben Dezembernachmittag im Hafen standen, winkten uns zu. Dann legte die Fähre an der Kaimauer an. Das grünbraune Wasser wurde von der Schiffsschraube aufgewirbelt, schon warfen die Matrosen dicke Taue an Land. Die Hafenarbeiter legten sie um die Poller. Als die Schiffsmotoren ausgestellt wurden, hörte man nur noch den Wind und das Gekreische der Möwen.

»Das ist ja himmlisch ruhig hier so ganz ohne Autos«, meinte Michel und schaute von der Reling über die Insel.

»Das stimmt«, sagte Mama stolz. »Auf Juist nutzen nur die Ärzte, das Rote Kreuz und die Feuerwehr im Notfall ein Auto, alle anderen sind auf der Insel entweder zu Fuß, mit einem Fahrrad oder mit einer Kutsche unterwegs.«

Sina zeigte auf eine Kutsche mit zwei mächtigen Pferden, die im Hafen wartete. »Seht nur, da unten steht eine Kutsche«, rief sie. »Fahren wir damit bis zu deinen Großeltern oder wohnen sie in einem der Häuser da vorne?«

Sina zeigte auf die Häuser, die in Sichtweite des Hafens lagen.

Mama schüttelte den Kopf. »Meine Eltern wohnen etwas außerhalb, im Ortsteil Loog, das ist nicht allzu weit, aber bis dahin schaffe ich es nicht zu Fuß. Wir fahren mit der Kutsche.«

Sina war begeistert. »Ich bin noch nie mit einer Kutsche gefahren«, rief sie, als die Gangway zur Hafenseite herausgeschoben wurde.

»Ich werde dir unterwegs alles zeigen«, erklärte ich, während ich meinen kleinen Trolley die Gangway hinunterzog. Immerhin war ich fast so etwas wie eine Einheimische.

»Ich kann es gar nicht erwarten«, rief Sina, die mit McSniff an der Leine neben mir ging und ihren Vater den großen Koffer schleppen ließ. Wahrscheinlich hatte sie sich nicht entscheiden können, welches Outfit das richtige zum Schafeeinfangen war, und gleich den halben Schrank eingepackt. Über seiner Schulter trug Michel auch noch Mamas Reisetasche. Meine Mutter humpelte langsam hinter uns her und stützte sich dabei auf die Reling.

Im Hafen lud Michel das Gepäck in die Kutsche, während McSniff aufgeregt in die Meeresbrise schnupperte. Der Wind spielte mit den langen Fransen an seinen Ohren, aber er machte entsetzt einen Schritt zurück, als eine freche Möwe auf uns zulief.

Dann stiegen wir in die Kutsche. Ich schnupperte, es roch herrlich nach Pferd und Leder. Als die beiden Pferde im Schritttempo über die Straße zuckelten, sagte Michel: »Da sieht man mal, wie schnell ein PS ist, oder besser gesagt, wie schnell zwei PS sind.« Er lehnte sich gemütlich zurück.

Sina, die auf der Bank neben mir saß, meinte sehnsüchtig: »Grete, stell dir mal vor, wir würden zu Hause nicht mehr mit dem Bus, sondern nur noch mit Kutschen fahren.« Sie schlug sich ihren Schal um den Hals, denn besonders warm war es in der Kutsche nicht. »Das wäre so romantisch!«, fügte sie leise mit einem Blick auf unsere Eltern hinzu, die auf verschiedenen Bänken saßen. »Wer friert, müsste näher rutschen.«

Ich zwickte meine ABF durch den dicken Wintermantel. »Das wäre besonders toll, wenn Paul bei dir näher rückt«, wisperte ich ihr ins Ohr.

»Iiiieh, hör auf«, rief Sina aufgebracht. »Aber trotzdem wären Kutschen toll.«

Ich schaute aus der Kutsche. Auf der einen Seite lagen nun die Salzwiesen, auf der anderen ragten die hellen Dünen empor. Egal, wo man auf Juist war, das Meer war immer nah. Wir zuckelten mit Hufgetrappel langsam über die Insel, bis die Kutsche vor dem Hof von Opa und Oma hielt.

Wir gingen zu viert auf den roten Backsteinhof zu, dessen Haustür links und rechts von je einem Apfelbaum eingerahmt wurde. Es fühlte sich an, wie nach Hause zu kommen. Ich klingelte, doch niemand öffnete. Dann wurde das grüne Tor der hohen, spitzen Scheune aufgeschoben und Oma kam in ihrer Arbeitskleidung herausgeeilt.

»Moin, Kinders«, rief sie und begrüßte Mama und mich. Mama stellte ihr Michel und Sina vor, und Oma sagte: »Ich will ja nicht ungemütlich sein, aber uns fehlen noch 36 Schafe. Meint ihr, ihr könntet sofort helfen, noch ein paar einzufangen, bevor es gleich dunkel wird?«

»Aber natürlich!« Sina zeigte stolz auf McSniff. »Unser Hund kann das bestimmt besonders gut, er ist nämlich ein Hütehund.«

»Wunderbar«, Oma lächelte Sina an, »dann machen wir es so: Ihr Mädchen kommt mit mir und Herr Morgen geht mit Opa. Der versucht seit Stunden unseren Schafbock einzufangen und du Arme setzt dich aufs Sofa«, sagte Oma an Mama gewandt. Michel zog sich Stiefel an, und dann marschierte er ins Dorf, wo sich der Schafbock immer noch herumtrieb.

Schon von Weitem hörten wir die Schafe blöken, als wir zu dem Rand der Dünen liefen. McSniff war das Geblöke unheimlich und er drückte sich eng an Sina. Oma gab mir einen Futtereimer. »Damit musst du versuchen, die Schafe anzulocken, denn sie werden Hunger haben.« Ich schüttelte den Eimer, sodass das Kraftfutter darin rasselte.

Die ersten Schafe hoben neugierig den Kopf. »Geh langsam zu ihnen«, sagte Oma leise. »Aber wenn du merkst, dass die Schafe vor dir weglaufen wollen, musst du sofort stehen bleiben, abwarten und sie dann wieder anlocken.« Zu Sina sagte sie: »Dein Hund weiß bestimmt instinktiv, wie er die Schafe einfängt. Kannst du ihn von der Leine lassen?«

Sina nickte und hakte die Leine aus. McSniff stand einen Augenblick neben ihr. Doch als ein Schaf laut blökte und näher kam, winselte er, klemmte den Schwanz zwischen die Beine und rannte zum Hof zurück. »McSniff, hierhin«, rief Sina, und sie lief ihm nach, aber er wollte keinen Schritt mehr mitkommen und stemmte die Pfoten in den Boden.

Mama öffnete das Wohnzimmerfester. »Hütehund hin oder her, der Arme hat einfach vor Schafen Angst«, rief sie hinaus. »Da kann man nichts machen.«

Sina war sehr enttäuscht, aber sie wollte Oma und mir auch ohne McSniff helfen. Sie bekam auch einen Futtereimer und dann rasselten wir und lockten. Als es dunkel wurde, hatten wir 35 Schafe in den Pferch gelockt.

»Kinders, ihr habt Talent als Schäferinnen«, erklärte Oma, als sie den Schafen das Futter in den Trog füllte. Dann schloss sie das Gatter und blickte den Weg entlang. »Wo bleiben nur Opa und Herr Morgen?«, fragte sie besorgt. Und wirklich: Von den beiden gab es noch keine Spur.

»Frau Hansen, meinen Sie, da ist etwas passiert?« Sinas Stimme klang besorgt. Meine Oma zuckte die Schultern. »Mit dem Schafbock ist nicht zu spaßen«, sagte sie. »Der denkt oft, dass er der einzige Chef über seine Herde ist. Lasst uns mal ins Haus gehen, hier draußen können wir jetzt ohnehin nichts tun.«

Dort hatte Mama schon Teewasser aufgesetzt. »Wo bleiben die beiden denn nur?« Besorgt lehnte sie sich an das Küchenfenster und hielt Ausschau, aber durch die hereinbrechende Dunkelheit sah man kaum noch etwas.

Oma stellte Teetassen auf den Tisch und holte ihre Keksdose heraus. »Antje, du hättest es sehen sollen, die Mädchen haben ganz tolle Arbeit geleistet«, meinte sie, und das Lob fühlte sich so richtig gut an. »Jetzt fehlt uns nur noch der Schafbock.«

Plötzlich hörten wir den Schlüssel in der Haustür. »Da kommen sie«, rief Mama und sprang vom Küchentisch auf. Sina und ich liefen zur Tür. Wir zuckten zusammen. Opa stützte Michel, der einen Arm um Opas Hals gelegt hatte und sich den Oberschenkel hielt. Er sah ziemlich blass aus. Michel musste hingefallen sein, denn seine Hose war schmutzig. Was war nur passiert?

»Paps!«, schrie Sina entsetzt. Mama humpelte in den Flur und zuckte bei Michels Anblick zusammen. »Was ist passiert?«

»Er muss sich erst einmal setzen«, sagte Opa, und er brachte Michel bis zum Sofa ins Wohnzimmer, dort ließ er ihn los. Stöhnend sackte Michel in die Polster. Sina kniete sich besorgt neben ihren Vater. »Paps, sag schon, was ist passiert?«

»Es ist halb so wild«, winkte Michel ab.

Aber Opa sah uns an und meinte mit einem kleinen Lächeln: »Herr Morgen hat die Redewendung wortwörtlich genommen, wonach man den Schafbock fest bei beiden Hörnern packen muss.«

Mama schlug sich die Hand vor den Mund. »Oh nein«, rief sie.

»So heißt es doch.« Michel klang zerknirscht.

Opa nickte. »Die wenigsten wissen, dass ein Schafbock bis zu 150 Kilogramm wiegt und einen extrem harten Schädel hat. Den hat Herr Morgen leider zu spüren bekommen.«

Mama humpelte in die Küche und holte aus dem Gefrierfach ein Kühlpack, das sie Michel reichte. »Du solltest ja hier nicht dein Leben aufs Spiel setzen«, sagte sie zu Michel. »Du musst die Stelle unbedingt kühlen.«

»Und du musst deinen Fuß schonen«, sagte Michel zu Mama. Zu Opa und Oma meinte er: »Wahrscheinlich hat es Ihnen Ihre Tochter nicht gesagt, aber sie ist bis nach Weihnachten krankgeschrieben.«

»Los, Antje.« Omas Stimme duldete keinen Widerspruch. »Du setzt dich jetzt auch aufs Sofa und legst deinen Fuß hoch.« Ganz fürsorglich schob sie einen kleinen Schemel heran, auf den Mama ihren verstauchten Fuß legen konnte. Es gefiel mir richtig gut, wie die beiden Verletzten, Mama und Michel, da gemeinsam auf dem Sofa saßen, und ich war sehr froh, dass Oma nach dem Rechten schaute, denn auf mich hörte Mama nicht immer.

Nach dem Abendessen schleppten Sina und ich zu zweit den großen Koffer in die Dachkammer hinauf. Wir schauten aus dem Fenster. Das Licht des Leuchtturms zog in gleichmäßigen Kreisen über die Insel. Bis auf ein paar Straßenlaternen war es fast dunkel. »Es ist so schön hier«, sagte Sina, während sie vom Fenster zu ihrem Koffer ging und den Reißverschluss aufzog. »Fast wie in einer anderen Welt.«

Ich nickte stolz und schaltete das kleine Nachtlicht zwischen den beiden Betten ein. So ging es mir auch immer, wenn wir bei Opa und Oma zu Besuch waren.

»Weißt du, was ich ganz toll fände?«, fragte Sina, und sie legte ein Buch auf den Nachttisch. »Wenn wir später beide hier auf Juist wohnen würden.

»Meeegagut wäre das«, sagte ich, und alles wurde ganz warm in mir, so schön fand ich die Idee. Sina könnte einen Hund haben und ich würde meinen eigenen Isländer in dem Stall unterstellen und jeden Tag ausreiten.

»Nur eines ist komisch«, sagte Sina zögerlich, während sie ihre Anziehsachen herausnahm. »Wieso ist hier auch weihnachtsfreie Zone?«

Anders kannte ich das bei meinen Großeltern gar

nicht. Ich zuckte die Schultern. »Vielleicht hat Oma keine Zeit gehabt, das Haus zu schmücken. Sie hat auf dem Hof immer viel zu tun.«

Sina legte ihre Anziehsachen in den Schrank. »Was meinst du? Dann könnten wir doch deine Großeltern fragen, ob wir nicht ein bisschen weihnachtlich schmücken könnten?«

Die Idee gefiel mir so richtig gut. Wir liefen beide die steile Treppe hinunter ins Wohnzimmer, wo Mama und Michel immer noch auf dem Sofa saßen. Opa zündete das Kaminfeuer an und legte Späne und Anfeuerholz hinein. Als Sina ihn fragte, ob wir ein bisschen weihnachtlich schmücken könnten, räusperte sich Opa. Einen Moment sah es so aus, als würde er gar nichts auf die Frage sagen. Dann warf er ein Streichholz in den Kamin. Die Flammen flammten auf, als er nur knapp erwiderte: »Nein, so etwas machen wir hier nicht.«

Oma huschte aus dem Wohnzimmer hinaus, so als hätten wir etwas Furchtbares gesagt. Wieso gibt es bei Mama und meinen Großeltern nichts Weihnachtliches? Woran liegt das nur? Würde ich das jemals herausfinden?

»Da zieht schon der nächste Sturm ran, das habe ich im Gefühl«, sagte Opa am nächsten Abend, bevor wir ins Bett gingen. Mit der Taschenlampe in der Hand ging er nach draußen, sicherte alles und verschloss das Scheunentor.

Als Sina und ich schön warm in unseren Betten lagen, pfiff der Wind um das Dachfenster und den Giebel. Es fühlte sich richtig gemütlich an, drinnen warm und sicher zu sein, während es draußen so ungemütlich war.

»Wie gut, dass der Schafbock von deinen Großeltern zurück ist«, sagte Sina und zog sich die Bettdecke bis zum Kinn hoch. »Auch wenn er Paps gerammt hat, wünsche ich ihm nicht, dass er jetzt alleine draußen herumirren würde.«

Sofort sah ich wieder vor mir, wie wir den Schafbock gefunden hatten. »Das sah so lustig aus, als der Schafsbock heute Mittag vor dem Pferch zu seinen Schafsdamen gestanden und laut um Einlass geblökt hat«, sagte ich lachend. »So als hätte er nach dem Klingelknopf gesucht.«

»Ich hätte nie gedacht, dass auf einer kleinen Insel so viel los ist«, meinte Sina, und sie stützte sich auf ihr Kopfkissen. »Aber am tollsten ist, dass ihr vom Haus deiner Großeltern zu Fuß im Nu zum Meer gehen könnt. Das muss im Sommer ja ein Traum sein.«

»Weißt du was«, sagte ich, während ich mich in mein Bett kuschelte, »vielleicht kannst du im nächsten Sommer mit uns kommen, wenn wir zu Opa und Oma fahren. Wäre das nicht toll?«

»Oh ja und wie«, rief Sina, »ich hoffe nur, Paps vermisst mich dann nicht ganz schrecklich.«

Wir quatschten weiter und weiter, bis uns mitten in der Nacht die Augen zufielen. Aber früh am nächsten Morgen wachten wir auf, weil der Sturm nur so ums Haus tobte. Er rüttelte an dem Dachfenster, so als ob er es aufdrücken wollte. Das war so unheimlich und gewaltig zugleich. Es war noch stockfinster. Ich wollte das Nachtlicht zwischen unseren Betten anschalten, weil es im Dunkeln so unheimlich war. Aber es ging nicht an. Das war komisch, denn gestern Abend hatte es doch noch funktioniert.

»Da stimmt was nicht«, sagte ich zu Sina, und wir kletterten im Stockdunkeln aus unseren Betten, zogen uns Pullover über die Schlafanzüge an und liefen die Treppe hinunter.

In der Küche fanden wir Oma im Kerzenschein. Sie schien schon länger auf zu sein, denn im Kaminofen im

Wohnzimmer brannte ein Feuer. »Moin, Kinders, das ist ein Sturm, was?«, fragte Oma, und sie füllte Wasser in einen großen Topf. »Wir haben ein Problem mit der Stromleitung. Opa will sich das draußen ansehen, sobald es hell genug ist.«

»Und was ist jetzt los?«, wollte ich wissen.

»Nun, aus der Leitung kommt nun kein warmes Wasser und wir haben überhaupt keinen Strom mehr.« Oma nahm den Topf und stellte ihn im Wohnzimmer auf den Kaminofen. »Aber so haben wir gleich wenigstens etwas warmes Wasser, damit ihr euch waschen könnt.«

Auf einmal wurde mir klar, was alles ohne Strom nicht mehr funktionieren würde: der Föhn, Omas Laptop, die Kaffeemaschine, das Radio, der Herd, der Kühlschrank und das Gefrierfach. Natürlich funktionierte jetzt auch das Telefon nicht mehr und die Handys nur so lange, bis ihre Akkus leer waren. Ohne Strom waren wir abgeschnitten vom Rest der Welt.

Ich sagte es nicht laut, aber das gefiel mir ganz gut. Denn dann würde Michel auch nicht zwei Plätze auf der Fähre zum Festland reservieren können. Sina und ich nahmen uns eine Kerze mit ins dunkle Wohnzimmer und wir kuschelten uns mit einer Decke auf das Sofa.

»Ich hoffe so sehr, dass ihr länger bleiben könnt als geplant«, flüsterte ich ihr ins Ohr. Im warmen Schein des Kaminfeuers sah ich, dass meine ABF nickte. »Das wäre so was von toll«, sagte sie leise und schob ihre Hände in die Ärmel. »Ich wünschte, wir könnten hier Weihnachten mit euch feiern.« Kaum hatte sie ausgesprochen, biss sie sich auf die Lippen. »Aber das ist natürlich gemein meinen eigenen Großeltern gegenüber. Die kommen jedes Weihnachten zum Gänseessen zu uns.« Sie sah so schuldbewusst aus, dass sie mir richtig leidtat.

Warum musste man sich immer für die eine oder die andere Sache entscheiden, wenn beide schön waren? Gab es da überhaupt eine Lösung? Dann fiel es mir ein. »Denk an die Botschaft unserer Glückskekse«, sagte ich leise zu Sina. »Bis jetzt hat doch mehr geklappt, als wir je gedacht hätten.«

»Das stimmt«, erwiderte Sina, während sie das Kinn auf die angezogenen Knie stützte. »So habe ich das noch gar nicht gesehen. Dann muss unser Weihnachtswunder auch noch in Erfüllung gehen.«

Mama kam in die Küche gehumpelt. Nur Michel und McSniff schien der Sturm nicht zu stören und sie schliefen weiter. Opa goss heißes Wasser aus dem Topf in die Teekanne und der aromatische Duft von Jasmintee zog durch die Küche. »Kommt frühstücken«, rief Oma leise. Ohne Michel frühstückten wir sehr früh und bei Kerzenschein. Mama hielt ihre Teetasse mit beiden Händen umfangen. »Ich habe lange nicht so einen heftigen Sturm erlebt. Hoffentlich deckt er nicht das Haus oder die Scheune ab«, sagte sie nachdenklich.

»Das Wetter wird extremer«, meinte Opa, »davon bin ich überzeugt.«

Oma bemerkte Sinas ängstlichen Blick. »Keine Sorge«, sagte sie zu meiner ABF. »Dieses Haus ist ganz stabil gebaut und hier passiert dir nichts.« Da lächelte Sina dankbar.

Aber auch ich hatte noch nie so einen heftigen Sturm gehört. Man meinte fast, er wollte das Haus mit sich reißen.

Als es langsam hell wurde, zog sich Opa seine Stiefel und seine warme Jacke an. »Ich geh mal nach dem Rechten sehen«, sagte er. Michel, der mit verwuschelten Haaren die Treppe hinuntergehumpelt kam, wollte ihn begleiten, aber Opa sagte nur: »Schonen Sie lieber Ihr Bein, der alte Schafsbock hat Ihnen vorgestern ganz ordentlich eines verpasst. Sie können von Glück sagen, dass Ihr Bein nicht gebrochen ist.«

So blieb Michel bei uns im Haus zurück. Der Sturm wehte ins Haus herein, als Opa kurz die Tür öffnete und die Kerzen flackerten. Sina und ich schauten aus dem Wohnzimmerfenster. Der Sturm peitschte durch die Büsche und der Himmel war ganz grau. Selbst die Schafe waren hinter der Scheune in Deckung gegangen.

»Bei so einem Sturm fühlt man sich so klein wie eine Mücke«, sagte Sina, und damit hatte sie wirklich recht.

Kurz darauf kam Opa ins Haus zurück. Er sah angespannt aus, sein Mund war nur ein dünner Strich.

Oma bemerkte das sofort. »Hajo«, sagte sie, »was ist passiert?«

Opa räusperte sich. »Die Stromleitung ist bei dem Sturm umgeknickt, deshalb haben wir keinen Strom mehr. «

Mama sah auf. So als ob sie genau wusste, dass das nur ein Teil des Schadens war. Aber sie sagte nichts. Oma warf ihrem Mann einen Blick zu, der besagte: Sag mir die ganze Wahrheit.

»Leider ist das noch nicht alles«, sagte Opa, und seine Stimme klang rau. Er räusperte sich.

Oma sagte nur eines: »Sag es mir.«

Opa stand auf und er ging unruhig in der Küche umher. Er sah so aus, als ob er lieber nichts gesagt hätte, aber Oma ließ nicht locker. »Sag es mir«, wiederholte sie.

Da verschränkte Opa seine Hände so fest, dass die Knöchel weiß hervortraten. »Es ist leider so, dass der Sturm einen unserer beiden Apfelbäume umgeknickt hat.«

»Oh nein.« Oma schlug sich die Hand vor den Mund und sie lief zu dem Küchenfenster und sah in den dämmrigen Morgen hinaus. Ich ging ihr nach. Der umgeknickte Apfelbaum lag da wie ein gestrandeter Wal. Seine Wurzeln ragten in die Luft und fanden keinen Halt im Erdreich mehr.

Oma schlug sich die Hand vor den Mund. Ihre Schultern zuckten. Opa trat neben sie und sagte leise: »Das heißt doch nichts, Hanne«, aber Omas Schultern zuckten weiter. Sie schluchzte leise. Opa legte seinen Arm um ihre Schultern.

Ich wusste nicht, was das zu bedeuten hatte. Natürlich war es schade um den Baum, aber meine Oma reagierte so, als ob ein Verwandter oder Freund gestorben war. Schließlich trat Mama zu ihr ans Küchenfenster. »Wir könnten ihn anrufen«, sagte sie kaum hörbar. »Dann weißt du, dass ihm nichts Schlimmes passiert ist.«

Aber Oma schüttelte nur den Kopf, wischte sich die Augen und dann begann sie still den Frühstückstisch abzuräumen. Sina und ich halfen ihr und trugen das Geschirr zur Spüle. Oma räumte die Lebensmittel zurück in den Küchenschrank. Noch immer sagte sie nichts, aber ich wusste, dass etwas sie sehr, sehr traurig machte. Was konnte es nur gewesen sein? Warum wollte sie darüber nicht sprechen? Und das Wichtigste: Um wen ging es dabei?

Sina und ich warfen uns einen Blick zu. Der besagte: Los, lass uns in unser Zimmer gehen und mal in Ruhe darüber reden. Aber Michel fasste ihre Hand und sagte: »Sina, bitte pack deine Sachen, wir fahren heute Nachmittag zurück. Wir müssen noch einen Weihnachtsaum besorgen und alles für das Fest vorbereiten.«

Ich weiß nicht, wer mehr erschrak: Sina oder ich. Denn wir wollten uns jetzt nicht trennen und auch unsere Eltern sollten sich nicht trennen.

»Paps, können wir nicht morgen nach Hause fahren?«, fing Sina an. Sie zeigte aus dem Wohnzimmerfenster und auf die sturmgepeitschten Büsche. »Bei dem Sturm schaukelt die Fähre bestimmt so stark, dass wir seekrank werden.«

»Bei dem Wetter könnte tatsächlich ein heftiger Seegang herrschen«, gab Mama zu bedenken, die sich eine Tasse Tee eingoss.

Mein Herz schlug schneller, das musste Michel doch überzeugen, lieber auf Juist zu bleiben. Aber er blieb hart. »Wir müssen auch noch alle Einkäufe machen und unsere Gans besorgen.« Er stand auf und humpelte zur Tür, um ins Gästezimmer zu gehen und seine Sachen zu packen. Doch er kam zurück und schlug sich vor die Stirn. »Nein, ich kann ja gar keine Gans kaufen. Bis wir zurück sind, sind die Läden geschlossen. Und morgen ist Sonntag. Dann muss ich sie am Montag auf den letzten Drücker besorgen.« Unruhig sah er auf seine Uhr, als ob er damit etwas ändern konnte.

Oma hatte ihn gehört und steckte den Kopf aus der Küche. »Wenn Sie eine Gans brauchen, ist das gar kein Problem!« Sie öffnete das Eisfach, das ohne Strom abtaute, und zog einen dicken Gänsebraten heraus. »Ach, dann nehmen Sie unsere Gertrud mit.« Oma warf einen prüfenden Blick darauf. »Sie taut ohnehin schon ab. Bis Sie wieder zu Hause sind, ist sie genau richtig zum Zubereiten.«

Erst meinte Michel, er könne die Gans nicht annehmen, aber Oma bestand darauf. So verließ er schließlich mit einer schweren Tüte, in der die Gans steckte, und dem großen Koffer das Haus. Sina folgte traurig mit McSniff. Opa, Oma und Mama verabschiedeten sich von den beiden an der Haustür. Aber ich nicht, denn ich wollte meine ABF und ihren Vater mit McSniff noch bis zur Fähre bringen. Den ganzen Weg dorthin hoffte ich, dass noch ein Wunder passierte. Dass zum Beispiel ein Baum die Straße versperrte, die Kutsche eine Panne hatte oder eines der Pferde so stark lahmen würde, dass es nicht weitergehen konnte. Aber nichts davon geschah.

Sina und ich saßen beide ganz still in der Kutsche, und je näher der Hafen kam, desto trauriger wurden wir. Es war nicht leicht zu erleben, wie unser größter Wunsch nicht mehr in Erfüllung gehen würde.

Doch dann kamen wir in den Hafen, der ganz verlassen dalag. Der Sturm rasselte an den Anschlagtafeln und wehte um die Schiffe, die auf und ab wippten. Wir stemmten uns gegen den Sturm, als wir zu dem Schalterhäuschen gingen. »Zwei Fahrkarten zum Festland«, rief Sinas Vater.

Da sagte der Fahrkartenverkäufer den schönsten Satz, den ich je gehört habe. »Heel neet mögelk«, meinte er bedauernd.

Michel blickte ihn ungläubig an. Sina sah aus wie ein lebendes Fragenzeichen. »Er sagt, keine Chance, ganz ausgeschlossen«, übersetzte ich aus dem Plattdeutschen.

»Aber«, sagte Michel irritiert, »die Fähre muss doch fahren, im Internet stand, dass sie heute Nachmittag ablegt.«

Der Fahrkartenverkäufer lächelte. Er nahm einen Zettel von seinem Schreibtisch und hielt ihn uns wortlos hin. Darauf stand: *Wegen der Witterungslage wurde der Fährverkehr bis auf Weiteres eingestellt.*

Ich hätte vor Freude laut jubeln und mit Sina rund um das Schalterhäuschen tanzen können, aber das erschien mir Michel gegenüber nicht fair.

»Aber das gibt es doch nicht«, meinte Michel und stellte die Tüte mit der Gans vor dem Fahrschalterhäuschen ab. »Hören Sie«, sagte er zu dem Fahrkartenverkäufer, »ich *muss* heute zurück aufs Festland. Ich habe Termine, die ich nicht verschieben kann. Wenn die Fähre nicht mehr fährt, wie sieht es denn beim Flugplatz aus? Den gibt es doch hier?«

Der Mann nickte zustimmend, nur um wieder zu sagen: »Door is nix anto dreihen.« Wie zur Bestätigung deutete er erneut auf den Zettel.

»Da ist nichts mehr zu machen«, übersetzte ich, während Michel völlig ungläubig aussah.

»Da ist nichts mehr zu machen?«, wiederholte Sinas Vater, als könne er die Worte nicht glauben. »Das kann doch gar nicht sein.« Er wandte sich zu uns. »Los, wir nehmen unsere Kutsche und fahren zum Flugplatz hinaus. »Das glaube ich erst, wenn ich es mit eigenen Augen sehe.«

Michel humpelte zu der Kutsche, die noch im Hafen stand, und wuchtete den großen Koffer hinauf. Dann kletterte er mit schmerzverzerrtem Gesicht in die Kutsche. Er setzte sich in eine Bank. Sina und ich folgten ihm mit McSniff. Der Kutscher schnalzte und die Pferde setzten sich in Gang. Mit gesenktem Kopf stemmten sie sich gegen den Sturm. Wir setzten uns nebeneinander in die Bank und ich steckte meine Nase in den Kragen meiner Jacke. Denn trotz des Planwagens über der Kutsche pfiff der Wind eisig hindurch. Auch Michel hatte seinen Mantelkragen hochgeschlagen. Die Pferde trappelten gemächlich den langen Weg zum Flugplatz. Als wir dort ankamen, waren wir so durchgefroren, dass ich meine Beine in den Jeans kaum noch spürte. Die Kutsche hielt an und wir kletterten ungelenk vor Kälte hinaus und liefen zum Flugplatzgebäude.

Die Eingangstür war verschlossen. Daran hing ein Schild, auf dem stand fast das Gleiche, was wir bereits im Hafen gelesen hatten: *Flugverkehr ist wegen der Witterungslage bis auf Weiteres eingestellt.*

Michel stöhnte auf. »Ich fasse es nicht. Das heißt jetzt allen Ernstes, dass auch kein einziges Flugzeug aufs Festland fliegt!«

Ich nickte, während ich mich bemühte, mir meine Freude nicht anmerken zu lassen. Sina biss sich auf die Lippen, um vor Freude nicht laut herauszuplatzen. Noch nie hatte ich mich so sehr über etwas gefreut. So wie es aussah, würden wir doch noch gemeinsam Weihnachten auf Juist feiern!

»Ich fasse es nicht«, stöhnte Michel wieder. »Wir kommen von der Insel einfach nicht weg. Es geht nicht.« Schon zückte er sein Handy. »Wo wir hier schon festsitzen, muss ich unbedingt Opa und Oma anrufen, solange ich noch Akku habe.« Er stellte sich an eine windgeschützte Stelle, drückte die Kurzwahlnummer seiner Eltern und hielt sich das Handy ans Ohr. Wir hörten, wie es am anderen Ende klingelte, dann wurde schließlich abgehoben.

»Hallo, Vati«, sagte Michel wie ein kleiner Junge. Es war für mich ganz komisch zu hören, dass ein erwachsener Mann wie er jemanden Vati nannte. Kurz erzählte er, dass Sina und er wegen des Sturms auf Juist festsaßen. Man merkte, dass es Michel sehr schwerfiel, und seine Stimme klang rau, als er sagte: »Ich habe sogar schon unsere Gans, aber ich fürchte, Sina und ich werden es zu unserem gemeinsamen Gänsebratenessen nicht schaffen. Wegen des Sturms geht im Moment keine Fähre und kein Flug mehr aufs Festland.«

Dann sagte Sinas Opa so einiges und plötzlich ging ein Strahlen über Michels Gesicht. »Ja, wunderbar, Vati, versucht das unbedingt. Das sind großartige Neuigkeiten. Ich bin so erleichtert.« Beschwingt drehte er sich zu uns herum, aber hielt dann eine Hand auf sein verletztes Bein.

»Opa und Oma haben gesagt, dass sie schon so lange im Winter eine Nilkreuzfahrt machen wollten, aber sie haben es wegen unseres Gänsebratenessens nie gewagt. Ist das nicht verrückt? Ich wusste davon gar nichts«, rief Michel gut gelaunt, während er sich die Tüte mit der Gans unter den Arm klemmte.

Sina fasste die freie Hand ihres Vaters. »Und was machen Opa und Oma nun?«

Michel grinste und steckte sein Handy in die Manteltasche. »Nun schauen sie nach, ob sie im Internet noch freie Plätze für ihre Nilkreuzfahrt finden.«

Sina blickte zur Straße vor dem Flugplatz, auf der die Kutsche langsam anfuhr. »Paps«, rief sie, »komm schnell, bevor sie wegfährt.« Sina und ich rannten laut rufend und winkend der Kutsche nach. Michel humpelte langsam hinterher. »Bitte warten Sie auf uns«, schrie Sina, und auch ich schrie aus vollem Leib, denn die Vorstellung, abseits von allem am Flugplatz festzusitzen, ließ mich rennen wie verrückt.

Endlich hielt der Kutscher die Pferde an. Er drehte sich zu uns. »Na, wo soll's denn hingehen?«, fragte er grinsend.

»Wir möchten zurück ins Loog«, sagte Sina strahlend und kletterte in die Kutschte. Auch McSniff war mit einem Satz darin. Nur Michel mit seinem verletzten Bein brauchte etwas länger. Er setzte sich neben mich hin.

»Grete«, sagte er, während die Pferde losmarschierten, »ich weiß nicht, was werden deine Mutter und deine Großeltern nur sagen, wenn wir zurückkommen wie ein Bumerang?«

Als wir nach unserer Inseltour wieder im Loog ankamen, wurde es schon dunkel. Der Sturm hatte sich gelegt. Über der Scheune stand ein blasser Mond. In Opa und Omas Haus brannten wieder Lampen. Anscheinend war die Stromleitung repariert worden. Die Klingel funktionierte auch, Mama öffnete uns die Haustür.

»Diese Gans wollte unbedingt bei deinen Eltern bleiben«, sagte Michel und hielt Mama die gut verpackte Tüte mit Gertrud hin. »Und wenn es dir recht ist, würden wir das auch.«

Mama blickte Michel an. Es zuckte um ihre Mundwinkel, als sie sagte: »Aber nur, wenn du einen weiten Bogen um den Schafbock machst.«

»Zu schade«, sagte Michel grinsend, während er sich seine Schuhe vor der Haustür auszog. »Ich hatte vor, ein Krippenspiel mit ihm einzustudieren. Da wird euch jetzt wirklich etwas entgehen.«

Mama nickte ernsthaft. »Damit werden wir leben müssen«, sagte sie, ohne eine Miene zu verziehen.

Michel schleppte den großen Koffer ins Haus hinein. Sina und ich folgten ihm mit McSniff, und als wir alle in der Küche standen, hätte ich am liebsten laut Halleluja gesungen. So unglaublich froh war ich, dass Michel und Sina bei uns waren und nicht ihre Heimreise antreten konnten.

An diesem Abend saßen wir zu sechst um den Küchentisch. Oma hatte einen Berg Pfannkuchen gebacken und das ganze Haus duftete danach. Wir lachten und erzählten, und erst, als McSniff uns immer wieder mit seiner dicken schwarzen Nase unter dem Tisch anstupste, fiel uns auf, dass wir ihn noch nicht gefüttert hatten.

»Mein armer Kleiner«, rief Sina. Sie sprang auf und holte eine Dose Hundefutter aus dem Koffer und füllte sie in McSniffs Napf.

»Wenn der Hund klein ist, dann bin ich jung«, meinte Opa, und darüber mussten wir alle lachen. An diesem Abend war das Glück so nah, dass ich es spüren konnte.

Am nächsten Tag schneite es in winzigen Flocken. Michel stand in der Küche und bereitete die Gans zu. »Das dauert Stunden«, raunte mir Sina zu. »So kann es bleiben«, erwiderte ich und schnupperte. Der Duft von Zimt, Anis und Apfel zog durchs Haus und es roch ganz herrlich nach Weihnachten. Aber etwas machte uns Sorgen: Was war, wenn die Fähren und Flugzeuge wieder von Juist starten würden?

Nach dem Mittagessen humpelten Mama und Michel zu den Dünen, um etwas frische Luft zu schnappen. Opa und Oma legten sich etwas aufs Ohr, wie sie es nannten, und als wir in der Küche allein waren, gingen wir mit Omas Laptop ins Internet. Unter »Aktuelles von Juist« stand die Notiz, die wir am liebsten nie gesehen hätten: *Nachdem gestern der Fähr- und Flugverkehr auf Juist wegen des heftigen Sturms eingestellt werden musste, fahren ab heute wieder die Fähren und auch der Flugbetrieb wurde inzwischen wieder aufgenommen.*

Ich klappte das Laptop zu, damit die Nachricht niemand außer uns sehen konnte. Am liebsten hätten Sina und ich die Internetseite gelöscht, doch natürlich konnten wir das nicht. »Meinst du, das bedeutet, dass ihr gleich heute Nachmittag nach Hause fahren werdet?«, fragte ich meine ABF – und bei dem Gedanken wurde alles in mir still. »Was passiert, wenn dein Vater diese Nachricht sieht?« Michel hatte ein Smartphone und konnte jederzeit ins Internet gehen.

»Was ist, wenn wir sein Handy einfach verstecken?«, antwortete Sina mit einer Gegenfrage. Das hätten wir wirklich gemacht. Aber leider kamen wir nicht an Michels Handy heran, das er immerzu in seiner Hosen- oder Jackentasche trug. Es war zum Verzweifeln.

Was war, wenn Michel heute mitteilen würde, dass die Morgens jetzt abreisen würden, um rechtzeitig vor Heiligabend zu Hause zu sein?

Es würde so traurig sein, ohne Sina und Michel Weihnachten zu feiern. Warum sagte Mama ihm nicht, dass er doch bitte über die Feiertage bleiben sollte? Bestimmt, weil sie es zu aufdringlich fand. Warum mussten die Erwachsenen nur immer so kompliziert sein? Ich musste etwas tun, nur was?

»Wir können nichts machen, höchstens alle freien Daumen drücken, dass ihr noch bleibt«, sagte ich leise. Den ganzen Nachmittag über versuchten wir, uns abzulenken. Aber nichts half. Immerzu fragte ich mich, ob Michel und Sina sich auf die Heimreise machen würden. Schließlich backten wir Vanillekipferl zusammen mit Oma. Ich weiß nicht, ob der Liebeszauber wirkte, jedenfalls sprach Michel nicht davon, dass sie abreisen wollten.

Am späten Nachmittag gingen wir mit Opa hinaus in die Kälte, und wir halfen ihm, die Schafherde zu füttern. Ich war froh, dass ein Gatter zwischen uns war, denn der Schafbock senkte seinen Kopf und stieß nach dem Futtereimer. »Ich hätte mir Schafe viel kuscheliger vorgestellt«, sagte Sina, und sie füllte Heu in die Futterraufe. Opa lächelte. »Die Dinge sind nicht immer so, wie sie scheinen.« Er warf einen Strohballen in den Pferch, dann gingen wir ins Haus zurück.

»Wissen Sie was?«, sagte Opa zu Michel, während er McSniff die Ohren kraulte. »Bleiben Sie doch über Weihnachten hier. Es ist zwar nicht geschmückt, aber Sie sind uns herzlich willkommen.«

Da zog Oma die Schublade der alten Kommode auf und sie holte rote Tannenbaumkerzen heraus. Sie gab uns vier Untertassen von ihrem guten Porzellan, die sie mit flüssigem Wachs betropfte, und obenauf setzte sie je eine der Kerzen. »Stellt die Untertassen auf die Fensterbank im Wohnzimmer«, sagte Oma, und das machten wir. Sie leuchteten in die Dunkelheit, doch nach Weihnachten sah es noch nicht aus. Es fehlte einfach noch etwas.

Opa setzte sich in seinem Sessel und legte die Kreuzworträtsel zur Seite. Er räusperte sich, dann sagte er zu Michel: »Nicht, dass Sie denken, wir wären tüddelüt, aber der Apfelbaum, der gestern umgeknickt ist, war ein besonderer. Wir haben ihn gepflanzt, als unser Arne geboren wurde, und den anderen haben wir gepflanzt, als Antje auf die Welt kam.«

Michel nickte nur, er sagte nichts. Mama, die neben ihm auf dem Sofa saß, sah plötzlich auf, so als ob sie Angst vor dem haben würde, was nun kam. Doch Opa schwieg eine Weile, man hörte nur das Ticken von der Wanduhr und das Knistern des Feuers im Kamin. Wie zu sich selbst sagte er leise: »Unser Arne war immer so ein vernünftiger Junge, hat auf dem Hof mitgeholfen, und bei den Lebensrettungsschwimmern hat er auch mitgemacht.« Opa schloss die Augen. »Vielleicht war er auch zu vernünftig.«

Opa räusperte sich mehrmals, bevor er weitersprach. »Als Arne auf dem Festland ins Internat kam, hat er die falschen Freunde gefunden und …« Opa strich sich über die kahle Stirn. »Wir wussten nichts davon. Bis als an einem Weihnachtsabend plötzlich die Polizei vor der Haustür stand. Arne war wegen Schmuggelns verhaftet und ins Gefängnis gebracht worden.«

Schlagartig wurde mir klar, warum es bei Mama keine weihnachtlich geschmückte Wohnung gab und bei Opa und Oma auch nicht. Das alles hätte sie zu sehr an jenen Weihnachtsabend mit Polizeibesuch erinnert.

»Ich verstehe«, sagte Michel leise, »das muss furchtbar für Sie gewesen sein.«

Opa richtete sich in seinem Sessel auf. »Der Junge ist für mehrere Jahre ins Gefängnis gekommen und immer mehr auf die schiefe Bahn geraten. Darum hat es uns gestern so berührt, als sein Baum umgeknickt war.«

Wieder war es einen Moment im Wohnzimmer ganz still. Oma stand auf. Sie öffnete die Tür und ging in die Küche, um den Wasserkessel auf den Herd zu setzen. Die vier roten Kerzen auf der Fensterbank flackerten. Mama hatte die Arme um die Knie geschlungen und blickte still in das Kaminfeuer. Aber ich musste etwas wissen: »Warum habt ihr das denn nie gesagt?«, fragte ich. Opa und Mama zuckten die Schultern. »Die Wahrheit hat so wehgetan«, sagten sie, und die Trauer schwang in ihren Stimmen mit.

Oma kam mit dem Tablett, auf dem Teetassen und die Teekanne standen, zurück ins Wohnzimmer. Sie stellte es auf dem Sofatischchen ab und richtete sich auf: »Hajo«, sagte sie entschieden, »ich finde, die Mädchen sollten das Haus weihnachtlich schmücken.«

Opa zögerte erst und dann nickte er. »Weihnachtsschmuck haben wir keinen mehr, ihr müsst euch etwas einfallen lassen.«

Das machten wir an diesem Abend vor Weihnachten. Im Schein der Außenlampe hatte Opa einen großen Ast von dem umgestürzten Baum absägt und am Balken im Wohnzimmer aufgehängt. Sina bastelte kleine Engelchen und Herzen aus Schafwolle, die wir in die Zweige des Astes hängten.

»Morgen ist Weihnachten«, flüsterte ich Sina zu, während wir die Treppe zur Dachkammer hinaufstiegen. »Ob die Glückskekse recht behalten werden?«

Am vierundzwanzigsten Dezember schien morgens eine blasse Wintersonne in die Dachkammer. Ich blinzelte ins Sonnenlicht und drehte mich genüsslich im Bett um. Ich liebte an den Ferien ganz besonders, dass ich einfach ausschlafen konnte. Doch im Erdgeschoss jaulte der Staubsauger auf, an Schlafen war nicht mehr zu denken. Wie jedes Jahr startete meine Oma ihren Weihnachtsputz. Ich drückte mir das Kopfkissen auf die Ohren, aber der Staubsauger war lauter. Und damit nicht genug, nun klopfte Opa draußen vor dem Haus die Teppiche aus.

»Was ist los?« Sina schaute verschlafen aus ihrem Kissen auf.

»Oma zieht's durch«, sagte ich und seufzte, »ihren alljährlichen Weihnachtsputz.«

Als wir wenig später in die Küche hinunterkamen, standen alle Töpfe und Pfannen auf dem Küchentisch. Oma hatte sich ein Tuch um die Haare gewickelt und wischte die Schränke aus. Mama stand am Fenster und hielt sich an einer Tasse Kaffee fest. Sie zeigte nach draußen. »Das Wetter ist so schön heute und ihr wart noch gar nicht am Strand«, sagte sie. Aber ich wusste genau, was das hieß: Seht mal zu, dass ihr aus dem Haus kommt.

Oma tauchte aus dem Schrank auf und wusch ihren Putzlappen aus. »Lasst euch Zeit, Kinders«, erklärte sie, bevor sie das nächste Fach auswischte.

Opa trug die ausgeschlagenen Teppiche wieder ins Haus. McSniff begrüßte ihn stürmisch. »Geht mal eine Runde mit dem Hund«, sagte er. Da wussten wir es: Wir waren im Weg!

»Zieh dir am besten zwei Pullover übereinander an«, sagte ich wenig später zu Sina und zog mir freiwillig meine lange Unterhose an. Denn ich wusste, es würde eiskalt werden und wir würden längere Zeit draußen sein, bis Omas Weihnachtsputz beendet war.

Als wir beide angezogen waren, zogen wir vor der Haustür unsere Schuhe an und liefen mit McSniff durch die Dünen ans Meer. Der Strand war menschenleer und wirkte endlos lang. Wuchtige grüne Wellen rollten heran, brachen am Strand und immer neue Wellen bauten sich auf. McSniff rannte in die Wellen und versuchte sie zu schnappen, und das sah so komisch aus, dass wir lachten. Aber zum Stehenbleiben war es viel zu kalt. Die Kapuzen tief ins Gesicht gezogen, liefen Sina und ich über den Strand zum Inselende. Wir hatten den Wind im Rücken, und es fühlte sich so an, als ob eine unsichtbare Hand uns schieben würde. Der Wind zersauste McSniffs langes Fell, während er hinter Möwen herrannte, ohne sie zu erwischen. Dann trug er angespülte Holzstücke stolz im Maul und grub tiefe Löcher in den Sand. Wir liefen und liefen, bis wir zur Domäne Bill kamen. Einem Bauernhaus, in dem es selbst gebackenen Rosinenstuten gab.

»Hier trinken wir eine heiße Schokolade und wärmen uns auf«, sagte ich zu meiner ABF und wollte die Tür aufstoßen. Aber leider hing ein Zettel daran, auf dem stand: *Heiligabend geschlossen.*

Das konnte doch nicht wahr sein. Sina und ich sahen uns enttäuscht an. Es wäre so schön gewesen, sich in dem Bauernhaus aufzuwärmen. Mit etwas Glück hätten wir dort auch einige Stunden im Warmen sitzen können.

»Was machen wir jetzt?«, fragte Sina bibbernd.

»Wir könnten über den Wanderweg zurücklaufen«, sagte ich, während ich meine eiskalten Hände rieb. »In der Inselmitte ist es vielleicht nicht ganz so windig.«

Sina nickte und wir marschierten los. Nach einer Weile wurden meine Beine müde und meine Socken scheuerten, als der Hammersee in Sicht kam.

»Ich dachte, die Insel sei klein«, sagte Sina, »aber die ist ja endlos.« »Wie lange müssen wir denn noch aus dem Weg sein?«, fragte sie fröstelnd und zog ihr Handy aus der Hosentasche. Mit einem Blick auf die Uhr sagte meine ABF seufzend: »Es ist leider erst elf Uhr.«

Wir liefen am Hammersee entlang und waren dann so durchgepustet, dass wir nicht länger draußen bleiben wollten.

Um elf Uhr dreißig gingen wir zu Opa und Omas Haus zurück. Mein Finger fühlte sich an wie abgestorben, als ich auf den Klingelknopf drückte.

Mama humpelte zur Tür und öffnete uns. »Das ist ja wunderbar, dass ihr beide nun doch die Freude am Wandern entdeckt«, sagte sie mit einem Grinsen. »Das können wir dann ja mal öfter machen, wenn mein Knöchel wieder fit ist.« Das überhörte ich!

An Heiligabend durften wir erst in das Weihnachtszimmer, als es dunkel war und von drinnen ein kleines Glöckchen läutete. Wir hatten den geschmückten Ast natürlich schon gesehen, aber heute Abend brannten alle Kerzen daran und es duftete herrlich nach Kerzenwachs. Im Schimmer der Kerzen sahen die Engelchen und Herzen aus Schafwolle so zart wie Schneeflocken aus.

»Ich wünsche euch frohe Weihnachten«, sagte meine Oma, aber sie sah dabei so ernst aus, dass ich wusste, in Gedanken war sie bei ihrem Sohn.

»Kommt«, rief Opa, der in seinem guten Anzug richtig fremd aussah, »jetzt singen wir gemeinsam Weihnachtslieder.«

»Papa, ich weiß nicht, ob das bei dir eine gute Idee ist«, gab Mama zu bedenken, und sie musterte ihren Vater argwöhnisch. »Lass doch lieber die Kinder singen. Die beiden waren im Weihnachtschor und singen ganz wunderbar.«

»Stimmt«, fügte Michel hinzu. »Ich war richtig ergriffen, als ich sie beim Konzert gehört habe.«

»Schnickschnack.« Opa stellte sich vor den geschmückten Ast auf und sagte: »Auf drei, wir fangen an mit *Lasst uns froh und munter sein.*« Bei drei legte Opa los. Seine Stimme klang so lieblich wie eine Heulboje, aber wir sangen gemeinsam mit ihm, bis wir am Ende der letzten Strophe angelangt waren.

»Jetzt *Ihr Kinderlein kommet*, einverstanden?« Opa kam so langsam richtig in Fahrt.

»Herrijeger«, rief Oma, denn es war mehr als peinlich, dass ihr Mann so laut und schief sang. Aber Michels dunkle Stimme klang richtig schön. Aber ich hörte noch etwas anderes, ein lautes Schmatzen, das aus der Küche kam.

Sina hatte es auch gehört. »Oh nein«, schrie sie entsetzt, während sie in die Küche stürmte. »Das kann nur McSniff sein.« Ich folgte ihr. Der Hund stand auf seinen Hinterpfoten an dem schön gedeckten Küchentisch mit der weißen Tischdecke. Er hatte bereits ein großes Stück von der Gans abgebissen und kaute schmatzend. Etwas von der Füllung aus Apfelstückchen hing in seinem langen Bart und fiel ihm beim Fressen aus dem Maul auf die Tischdecke.

Sina packte ihren Hund am Halsband und versuchte ihn vom Tisch wegzuziehen. Doch McSniff blieb genau da, wo er war. »Leute, das ist mal was anderes als das fiese Dosenfutter«, schien er zu sagen.

»McSniff, runter da«, befahl Michel, aber der Hund ließ sich davon nicht stören. Schließlich musste ihn Michel vom Tisch wegziehen. Mit einem Küchenpapiertuch wischte er dem Hund den verschmierten Bart ab. Auch Mama, Opa und Oma waren in die Küche gekommen. Der Tisch glich einem Schlachtfeld.

»Bitte entschuldigen Sie vielmals«, sagte Michel peinlich berührt zu meinen Großeltern.

»Ach, es gibt Schlimmeres.« Oma blickte bedauernd auf die Gans, »aber es ist jammerschade um Ihren Braten.« Sie trug die ramponierte Gans zur Spüle herüber. Sina und ich deckten das Porzellan und das Besteck ab. Dann schüttelten wir die Tischdecke vor der Haustür aus. Sie war von den herabgefallen Fleischstücken so dreckig, dass man sie nicht mehr benutzen konnte.

»Was machen wir denn jetzt ohne Weihnachtsessen?«, sagte Mama ratlos. Auch Oma wusste nicht, was zu tun war. »Der schöne, schöne Braten«, sagte sie wieder.

»Können wir nicht ein Picknick im Wohnzimmer machen?«, fragte ich schließlich. »Wir nehmen das, was im Vorratsschrank ist.«

Oma sah mich überrascht an. »Das ist ja eine eigenartige Idee«, sagte sie, aber dann öffnete sie ihren Vorratsschrank. Wir holten eine Dose Fisch, ein großes Stück Käse, luftgetrocknete Salami, Schinken, saure Gurken, verschiedene Sorten Brot und die Dose mit den Vanillekipferln heraus. Dazu machte Michel seinen Spezial-Nudelsalat.

Opa und Oma setzten sich zum Picknick lieber auf das Sofa, wir anderen breiteten eine Decke auf den Boden und setzen uns darauf.

Sofort kam McSniff angetapst, und er wollte sich dazusetzen, aber Michel sagte: »Nein, du Räuber kommst nicht so nah ans Essen«, und brachte ihn zu seiner Decke. »Platz und bleib«, befahl ihm Michel, und McSniff guckte so traurig zu uns, als ob er seit Wochen kein Futter bekommen hatte.

Opa schnitt sich ein Stück Käse ab und sagte: »An so ein Weihnachtspicknick könnte ich mich wirklich gewöhnen. Aber wenn das unsere Nachbarn hören, denken sie noch, wir wären tüddelüt.«

Noch lange saßen wir an diesem Weihnachtsabend zusammen, bis Opa immer wieder gähnte. Wir liefen in unser Dachzimmer hinauf. »Aus unserem Weihnachtswunder ist nichts geworden«, meinte Sina, als sie die Tür hinter uns geschlossen hatte. »Aber es ist auch so total schön.«

»Stimmt«, sagte ich, und wir gingen zum Dachfenster

und sahen in die Nacht hinaus. Das Mondlicht fiel auf den Hof. Im Hintergrund leuchten hell die Dünen. Dann fiel eine Tür ins Schloss. McSniff schlug kurz an. Dann wurde es wieder ganz still.

»Was war das?«, flüsterte Sina. »Ich weiß nicht.« Ich stellte mich auf die Zehenspitzen, um mehr zu sehen. Dann hielt ich den Atem an. Unsere Eltern gingen Arm in Arm im Mondschein über den Hof.

Sina und ich schauten schnell weg. »Wer weiß, was unsere Eltern noch alles machen werden«, meinte meine ABF, und ihre Wangen röteten sich. Auch ich wollte das lieber nicht sehen, was nun vielleicht auf dem Hof geschah.

Dann fassten wir uns in der Dachkammer an den Händen. »Unser Weihnachtswunder ist wahr geworden!«, flüsterte ich, obwohl ich es am liebsten laut durch das ganze Haus gerufen hätte.

»Jetzt ist es Zeit für den letzten Glückskeks!« Sina lief zu dem großen Koffer. »Ich habe ihn extra eingepackt, bevor wir abgefahren sind.« Sie kramte in dem Koffer und holte schließlich unseren letzten Glückskeks heraus. Von der Reise war er zerdrückt und in viele Teile zerbrochen, aber das machte nichts.

Wir beide hielten den Atem an, als wir die Packung öffneten. Dann zog ich den schmalen Zettel mit der Botschaft heraus. Auf dem Zettel stand ein kurzer Satz: *Eine lange Reise beginnt mit dem ersten Schritt.*

Das stimmte in unserem Fall ganz genau. Sina und ich sahen uns staunend an, dann lachten wir und riefen: »Der Rest ist Schicksal.«

Annette Langen

Mathilda, Mathilda!

Mathilda weiß wirklich nicht, was sie unter Landeiern soll. Aber ihre Mutter hat nun mal dieses Haus in Krähwinkel geerbt, also heißt es für die ganze Familie Umzugskisten packen! Gleich am ersten Tag steht ein wild schnaubendes Vieh mit Hörnern im Vorgartenbeet, am zweiten Tag stolpert Mathilda über eine Ladung Pferdeäpfel in die Arme von Mats, wird von Philippa und Linn über die sonstigen Vorzüge des Landlebens aufgeklärt – und am dritten Tag will Mathilda schon nirgendwo anders wohnen als in Krähwinkel.

Drei wie Wind und Wirbel
176 Seiten
ISBN 978-3-570-15356-7

Drei ohne Punkt und Komma
176 Seiten
ISBN 978-3-570-15389-5

Drei wie Zimt und Zucker
ca. 144 Seiten
ISBN 978-3-570-15477-9

10197

www.cbj-verlag.de

Stefan Wilfert

Dem Weihnachtsrätsel auf der Spur

Ein Weihnachtskrimi in 24 Kapiteln

ca. 200 Seiten, ISBN 978-3-570-22362-8

Bald ist Heilig Abend – und Jonas und Tina sind schon ganz aufgeregt: Sie wollen unbedingt den Wettbewerb um das am schönsten geschmückte Haus gewinnen! Also nichts wie ran an Lichterketten und Weihnachtsschmuck. Doch kaum haben sie das Haus mühevoll dekoriert, sind die Sachen auch schon wieder verschwunden! Will da etwa jemand ihren Sieg verhindern? Und hat der Dieb möglicherweise auch etwas mit den Rätselfragen zu tun, die sie plötzlich jeden Tag vor ihrer Haustür finden? Die Geschwister legen sich auf die Lauer – und erleben eine dicke Überraschung!

40144

cbj

www.cbj-verlag.de